1 95

D0500252

for Brian

Weihnachten
1982

from Leeny & Peter

SV

Max Frisch
Blaubart

Eine Erzählung

Suhrkamp

Zweite Auflage 1982
© Suhrkamp Verlag Frankfurt am Main 1982
Alle Rechte vorbehalten
Satz: LibroSatz, Kriftel
Druck: Presse-Druck, Augsburg
Printed in Germany

Blaubart

- Kennen Sie diese Krawatte, Herr Schaad?
- Sie wurde mir schon einmal gezeigt.
- Das ist die Krawatte, die bei der Erdros-
selung verwendet worden ist, wie Sie wis-
sen, vermutlich war das Opfer schon er-
stickt, aber der Täter glaubte offenbar
nicht, daß die Frauenbinde im Mund ge-
nügte, und so verwendete er auch noch
diese Krawatte.
- Ich bin nicht der Täter.
- Sie haben meine Frage verstanden?
- Ja.
- Ist das Ihre Krawatte oder nicht?
- Mag sein . . .
- Ja oder nein?
- Ich fühlte mich in ihrer Wohnung wie zu
Hause, das sagte ich schon, vielleicht habe
ich einmal die Krawatte ausgezogen, weil
es ein heißer Tag war. Das ist denkbar.
Ich war in ihrer Wohnung immer nur
tagsüber. Das sagte ich schon. Und dann
habe ich sie vielleicht vergessen, meine
Krawatte, das ist möglich. Ich trage nicht
immer eine Krawatte, wenn ich auf die

Straße gehe, und so ist meine Krawatte in
ihrer Wohnung geblieben.
– Herr Doktor Schaad . . .
– Das ist denkbar.
– Die gerichtswissenschaftliche Expertise,
die uns vorliegt, läßt keinen Zweifel zu,
Herr Doktor Schaad: Es ist Ihre Kra-
watte.

Freispruch mangels Beweis –
Wie lebt einer damit?
Ich bin vierundfünfzig.

– Sie erinnern sich also nicht, Herr Schaad,
und Sie können noch immer nicht sagen,
wo Sie gewesen sind an diesem Samstagnachmittag, als Rosalinde Z. in ihrer
Wohnung in der Hornstraße erdrosselt
worden ist mit Ihrer Krawatte . . .

Was hilft, ist Billard. Ich zucke nicht mehr mit
dem Stock, sondern stoße genau und sanft, so
daß die Kugel wirklich rollt. Die Hand wird
sicherer, wenn man jeden Abend spielt, und
das Selbstvertrauen nimmt zu, die Gelassen-
heit, wenn ein kühner Einfall behutsam zu
vollstrecken ist. Ich bringe es schon zu Serien

von drei bis vier Treffern. Erst wenn ich verfehlt habe, so daß der Partner an der Reihe ist, und wenn ich neben dem grünen Tisch stehe und warten muß, bis mein Partner verfehlt hat, höre ich wieder den Staatsanwalt, während ich mit der blauen Kreide meinen Stock reibe:

– Als Sie von Ihrer damaligen Arztgehilfin gehört haben, daß Rosalinde Z. am Samstag ermordet worden sei, das war also am Montag, als Sie in die Praxis kamen und taten, als wüßten Sie von gar nichts . . .
– Am Sonntag erscheinen keine Zeitungen.
– Und deswegen wußten Sie von gar nichts?
– Das ist richtig.
– Und warum, Herr Doktor Schaad, haben Sie denn die Arztgehilfin sofort gefragt, ob Rosalinde Z. erdrosselt worden sei?
– Das war meine erste Vermutung.
– Wieso erdrosselt?
– Dirnen werden meistens erdrosselt.

Billard kann man auch allein spielen. Wenn ich verfehlt habe, so daß der Partner an die Reihe käme, und es ist kein Partner da, schieße ich mit der Hand die drei Kugeln in alle Richtungen, und zwar blindlings und heftig, so daß es knallt: ich ersetze den Partner durch den Zufall. Ich mogle nicht, das hat keinen Sinn, ich anerkenne jede Position, die sich ergibt, wenn die Kugeln endlich stehenbleiben.

    – Warum lügen Sie? Alles was Sie sagen, Herr Doktor Schaad, gibt kein Alibi. Warum legen Sie nicht endlich ein Geständnis ab?

Wenn ich weiß, wie meine Kugel laufen soll, und wenn ich den Stock ansetze, so ist meine Hand, die linke, die nicht stößt, sondern den stoßenden Stock zu tragen hat, vollkommen ruhig.

    – Und warum, Herr Doktor Schaad, sind Sie nicht zum Begräbnis gegangen? Es gab keinen Notfall, der Sie um diese Zeit verhindert hätte. Auch das stimmt ja nicht! Sie blieben in der Praxis und untersuchten einen leichten Fall von Hepatitis, dazwischen hatten Sie ein längeres Telefonat mit einem Reisebüro. Ist es nicht merkwürdig, Herr Doktor Schaad, daß Sie, obschon Sie an diesem Tag in Zürich waren, nicht zum Begräbnis erschienen? Schließlich ist Rosalinde Z. einmal Ihre Gattin gewesen . . .

Ab und zu, wenn mir gar nichts gelingen will, auch nicht ein einfaches Triangel-Spiel, wechsle ich den Stock. Vielleicht liegt es am Stock, es gibt kurze und lange. Bevor ich mich wieder über den grünen Tisch lehne, um zu zielen, muß ich allerdings den neuen Stock mit der Kreide behandeln, und es entsteht eine Pause, so daß wieder der Staatsanwalt an der Reihe ist:

– Was Ihre regelmäßigen Besuche bei Rosalinde Z. betrifft: Sie haben also gewußt, welches Gewerbe sie in dieser Wohnung betreibt?
– Ja.
– Und das hat Sie nicht gestört?
– Nein.
– Stimmt es, Herr Doktor Schaad, daß Sie in der Ehe mit Rosalinde gelitten haben, wenn Ihre damalige Gattin auch nur mit jemand getanzt hat? geschweige denn, wenn sie einmal um Mitternacht nicht zu Hause saß, sondern bei ihrer kranken

Mutter. Ihre maßlose Eifersucht ist einem ganzen Freundeskreis bekannt. Wie ein Zeuge sich ausdrückt: Sie haben gelitten wie ein Hund.

– In der Ehe, mag sein . . .
– Nachher nicht mehr?
– Nein.
– Wußten Sie, welche Herren dort verkehrten?
– Das war ihr Berufsgeheimnis.
– Aber Sie wußten also, daß Rosalinde Z. ihre nächtlichen Kunden hatte, und darunter haben Sie, Herr Doktor Schaad, überhaupt nicht gelitten?
– Nein.
– Wie erklären Sie uns das?
– Wir sind Freunde geworden.
– Sie sind Freunde geworden . . .
– Ich war nicht mehr auf Vermutungen angewiesen.

Es ist nicht damit getan, daß ich den nächsten Treffer erziele auf die einfachste Art, die sich grad anbietet. Zu bedenken ist die Position der drei Kugeln danach. Ein Spiel über zwei Banden ist gewagt; wenn es gelingt, so ist der übernächste Treffer fast sicher.

– Sie haben also den Angeklagten öfter gesehen, Herr Bickel. Haben Sie im Treppenhaus auch andere Besucher gesehen?

– Ich arbeite nur tagsüber.

– Haben Sie nie Herren gesehen, die vormittags, wenn Sie arbeiteten, das Haus verlassen haben, und wenn ja: erinnern Sie sich an den einen oder andern Herrn, den Sie nachgerade gekannt haben, wenn auch nicht mit Namen?

– Ich bin nicht als Wächter angestellt . . .

– Trotzdem hat man ja Augen.

– Ich kann nur sagen, daß ich mich nicht darum gekümmert habe, und Madame Zogg, wenn sie an den Briefkasten ging, hat mich immer gegrüßt. Ich arbeite als Hauswart auch in andern Häusern, da kommt es auch vor, daß manchmal am Vormittag irgendein Herr aus dem Haus geht, der sonst nicht hier wohnt, und später tut die Dame, als sehe sie einen überhaupt nicht, wenn ihr Ehemann dabei ist. Ich weiß nicht, was Sie von mir wissen wollen.

– Sie haben also den Angeklagten gesehen . . .

13

– Tagsüber, ja, ab und zu.
– Haben Sie ihn an jenem Samstag gesehen?
– Nein.
– Herr Bickel, Sie widersprechen Ihrer ersten Aussage vor der Polizei, damals sagten Sie, Herr Schaad habe an jenem Samstag den Lift nicht benutzen können und sei die Treppe hinaufgegangen.
– Meine Frau hat ihn gesehen.
– Haben Sie ihn selber nicht gesehen?
– Ich bin ja im Keller gewesen.
– Sie können also nicht sagen, ob der Angeklagte an jenem Samstag, als er die Treppe hinaufging, weil der Lift außer Betrieb war, Blumen in der Hand hatte, Lilien zum Beispiel?
– Nein.
– Sie arbeiteten im Keller . . .
– Das sage ich ja, der Lift war außer Betrieb, weil ich die Türe habe ölen müssen, und deswegen bin ich im Keller gewesen.
– Wann war das, Herr Bickel?
– Zwischen elf und zwölf.
– Danach war der Lift wieder in Betrieb?
– Allerdings.
– Eine andere Frage, Herr Bickel:
– Ich habe ja nicht bloß die Türe ölen müs-

sen, ich habe auch die Schmiererei ent-
fernt, die es im Lift immer wieder gibt,
und das braucht Zeit, das ist ja nicht mehr
Kreide oder Filzstift heutzutage.
- Was ist es denn?
- Spray.
- Ich verstehe . . .
- JESUS IST SIEGER.
- Eine letzte Frage, Herr Bickel:
- Inzwischen hat das aufgehört.
- Haben Sie bemerkt, ob der Angeklagte
einen Schlüssel zum Briefkasten dieser
Rosalinde Z. hatte oder daß er anderswie
einmal versucht hat, Briefe aus ihrem Ka-
sten herauszubekommen?
- Herr Doktor Schaad ist ein Herr.

Ich kann keine Schwäne mehr füttern.
Ihre langen Hälse —
Wenn ich ein paar Brocken (Semmel von meinem Frühstück) auf das Wasser geworfen
habe, kommen sie in gelassener Fahrt, wie sie
es immer getan haben, und biegen ihren langen
Hals und schnappen ohne Gier und ohne Hast.
Ob es nach zehn Monaten in Untersuchungshaft noch dieselben Schwäne sind, die ich füt-
tere, weiß ich nicht. Sie richten ihren weißen

Hals wieder empor. Sie erkennen mich nicht, sie wenden sich irgendwohin.

– Der Herr Staatsanwalt hat das Wort ...

Schwäne sind keine Zeugen.

– Ich frage Sie jetzt zum letzten Mal, wo Sie gewesen sind, Herr Doktor Schaad, nachdem Sie ungefähr um Mittag und im besten Einvernehmen, wie Sie behaupten, die Rosalinde Z. verlassen haben.
– Vielleicht habe ich Schwäne gefüttert.
– Schwäne?
– Ja.
– Haben Sie öfter Schwäne gefüttert?
– Hin und wieder.
– Wo?
– Am See.
– Hat es an jenem Samstag nicht geregnet oder geschneit?
– Das macht den Schwänen nichts aus.

Tagsüber in der Praxis, wenn niemand im Wartezimmer ist, wenn kein Notfall mich erfordert, wenn ich im weißen Kittel sitze und meine Beine auf den Tisch lege, geht es weiter:

– In der ersten Einvernahme durch den Bezirksanwalt haben Sie behauptet, daß Sie am fraglichen Samstag gewandert sind, Sie haben auch die Gegend genannt, Wasberg oder so. In der Regel lassen Sie dann Ihren Volvo bei der Kiesgrube stehen, so sagten Sie, dann gehen Sie durch den Wald, manchmal wissen Sie nicht genau, wo Sie sich im Augenblick befinden, da sind diese Holzwege... Leider hat sich herausgestellt, daß Ihr blauer Volvo an diesem Samstag nicht bei der Kiesgrube stand, Herr Doktor Schaad, sondern in der Garage am Kreuzplatz.

– Ich habe meinen Irrtum zugegeben...

– Daraufhin haben Sie behauptet, Sie seien in der Praxis gewesen, obschon die Praxis am Samstag geschlossen ist. Um Steuerbelege herauszusuchen. Und Sie haben uns auch die genaue Zeit angegeben: zwischen 15.30 und 17.00.

– Ja.

– Ungefähr um diese Zeit wurde die Rosalinde Z. in ihrer Wohnung erdrosselt... Leider hat Ihre damalige Arztgehilfin, die an jenem Samstag gearbeitet hat, Sie in der Praxis nicht gesehen, auch nicht gehört . . . Später haben Sie auf die Behauptung, daß Sie zur fraglichen Zeit in der Praxis gewesen seien, um Steuerbelege zu holen, verzichtet zugunsten der Erinnerung an einen tschechischen Film, den Sie zur Zeit, als Rosalinde Z. ermordet worden ist, gesehen haben wollen. Ihre Schilderung des Films zeugt von einem hervorragenden Gedächtnis, Herr Doktor Schaad, nämlich es hat sich herausgestellt, daß dieser tschechische Film seit anderthalb Jahren nicht mehr gezeigt worden ist . . . Einzig Ihre vierte Behauptung, daß Sie unterwegs, nämlich an der Feldeggstraße, Tabak gekauft haben, ist einigermaßen bestätigt. Der Kiosk, wo Sie diesen Tabak gekauft haben, befindet sich nicht allzuweit vom Tatort entfernt . . .

Eigentlich könnte ich die Praxis schließen. Ab und zu gibt es Notfälle, also Patienten, die sich den Arzt nicht wählen können, und ich habe einen Krankenbesuch zu machen in der Nacht. Tagsüber in der Praxis ist es still; die Arztgehilfin, die neue, ordnet die Fachzeitschriften. Der eine und andere, den man über Jahre hin betreut hat, mag während meiner Untersuchungshaft verstorben sein, und andere haben den Arzt wechseln müssen, was ich verstehe, zehn Monate sind eine lange Zeit. Der Kittel, den ich jeden Morgen anziehe, wenn ich in die Praxis komme, ist weiß wie je. Ein Patient, der schon zum dritten Mal allein im Wartezimmer sitzt, verliert langsam sein Vertrauen; er zeigt sich erleichtert, als ich ihn schließlich an einen Urologen überweise, und danach lese ich die alten Magazine, die im Wartezimmer aufliegen. Ich habe jetzt Zeit wie noch nie. Noch am Tag meiner Verhaftung war das Wartezimmer überfüllt, sie saßen sogar auf dem Fenstersims. Mein Freispruch ist bekannt, aber man weiß zuviel über meine Person. Es war sogar schwierig, eine neue Arztgehilfin zu finden. Sie ist Jugoslawin. Sie muß anklopfen, wenn sie in mein Arbeitszimmer kommt; ich möchte nicht, daß die Arztgehilfin mich sieht mit den Füßen auf dem Tisch, die Hände hinter dem Nacken gefaltet. Einige Klienten, die mich nach wie vor schätzen als Arzt, sind zur Zeit offenbar gesund, und ich könnte genausogut zu Hause sitzen. Zu Hause ruft auch niemand an. Der eine und andere, der als Zeuge vor Gericht offenbar nicht mit einem Freispruch gerechnet hat,

scheint Hemmungen zu haben vor einem Wiedersehen.

– Stimmt es, Herr Pfeifer, daß Sie einmal
gehört haben, wie der Angeklagte gesagt
hat, er könnte dieses Weib erwürgen?
– Er war ziemlich betrunken.
– Aber das haben Sie also gehört?

Der Zeuge muß seine Nase schneuzen.

– Seit wann sind Sie mit Felix Schaad be-
freundet?
– Ich habe nie mit seiner Rosalinde geschla-
fen!
– Das ist nicht meine Frage.
– Vielleicht hat er das gemeint . . .
– Und deswegen wollte er Rosalinde erwür-
gen?
– Ich fand sie charmant.
– Eine andere Frage, Herr Pfeifer:
– Als Gastgeberin, meine ich.
– Was das Darlehen betrifft –
– Er verlangte ja, daß ich das nie erwähne.
Es hat mir geholfen, mein Studium zu
Ende zu führen. Warum soll ich das leug-
nen? Übrigens war das ja kein Darlehen.

Als ich ihn damals darum gebeten habe,
lehnte er ab, er gebe keine Darlehen, so
sagte er, Darlehen belasten die Freund-
schaft.
– Wie hoch war der Betrag?
– Fünfundzwanzigtausend, glaube ich . . .

Der Zeuge muß seine Nase schneuzen.

– Ich weiß nicht, was man von mir wissen
will . . .
– Sie haben also öfter bei den Schaads übernachtet?
– Das bestreite ich ja nicht.
– Sie haben gehört, wie der Angeklagte gesagt hat, er könnte dieses Weib erwürgen.
Oder bestreiten Sie, Herr Pfeifer, daß Sie
das in Ihrem gemeinsamen Bekannten-
kreis öfter erzählt haben?

Wenn ich auf der Toilette gewesen bin und die
Hände wasche, habe ich noch immer die Vorstellung, daß ich, sowie ich die Hände getrock-
net habe, in den Gerichtssaal zurückkehren
werde, um den nächsten Zeugen zu hören.

– Sie sind Frau Bickel?

— Ja.
— Vorname?
— Isolde.
— Ihr Beruf?
— Putzfrau.
— Als Zeugin haben Sie die Wahrheit zu sagen und nichts als die Wahrheit, Frau Bickel, Sie wissen, daß falsches Zeugnis mit Gefängnis bestraft wird, in schweren Fällen mit Zuchthaus bis zu fünf Jahren . . .

Wahrscheinlich gibt es Zeugen, die darauf warten, daß ich mich mit einem kleinen Brief bedanke für die Aussagen vor Gericht.

— Ich kann nur sagen, der Herr Doktor ist ein Mensch, der keiner Fliege auch nur ein Bein krümmen könnte, das ist alles, was ich sagen kann.

Drei Wochen nach dem Freispruch habe ich noch keinen einzigen Brief geschrieben, ich sitze noch immer da, die Arme verschränkt, wie vor Gericht.

— Sie sind also öfter in ihrer Wohnung

gewesen, Frau Bickel, um aufzuräumen, wenn Madame allein war, und wenn ich richtig verstehe, das war vormittags?

– Manchmal saß auch der Herr Doktor da.

– Andere Herren haben Sie nicht gesehen?

– Nur im Treppenhaus ... Manchmal wünschte sie auch, daß ich am Abend komme. Wenn sie viele Gäste hatte. Und das waren nicht bloß Herren, wissen Sie, auch Ehepaare, und da wurde immer viel geredet. Meistens mit einem kalten Buffet. Ich weiß nicht, was für Leute es waren, und dann war Frau Rosalinde immer die Hauptperson, das spürte man.

– Dann war Herr Doktor Schaad nicht dabei?

– Nein.

– Sie erinnern sich nicht an Namen?

– Einer war Grieche, der wohnte auch eine Zeit lang da, ein Student, der eine Glatze hatte, aber einen schwarzen Bart, und der kam hin und wieder in die Küche, aber er konnte nicht deutsch und hatte immer so ein ernstes Gesicht. Irgendwie tat er mir leid. Die ganze Gesellschaft,

23

glaube ich, paßte ihm nicht, dann kam er immer wieder in die Küche, um Wasser zu trinken.

– Und sonst?

– Sonst kann ich wirklich nichts sagen.

– In Ihrer ersten Einvernahme, Frau Bickel, haben Sie gesagt, daß an diesem Samstag, als Frau Rosalinde ermordet worden ist, der Lift außer Betrieb gewesen sei . . .

– Das kommt vor.

– Und Herr Schaad sei die Treppe hinaufgegangen.

– Es blieb nichts anderes übrig.

– Um welche Zeit ist das gewesen?

– Zwischen elf und zwölf.

– Sie haben also Herrn Schaad gesehen?

– Der Lift ist manchmal außer Betrieb, einmal klemmt die Türe, oder das Licht in der Kabine ist wieder ausgefallen, das müssen Sie meinen Mann fragen, er ist der Hauswart.

– Ihr Mann hat niemand gesehen.

– Weil er im Keller arbeitete.

– Wann haben Sie das Haus verlassen, Frau Bickel?

– Kurz nach zwölf.

- Wann hat Herr Schaad das Haus verlassen?
- Das weiß ich nicht.
- Sie befanden sich im Treppenhaus, denke ich.
- Inzwischen ging auch der Lift wieder.
- Haben Sie, nachdem Herr Schaad vorher die Treppe hinaufgegangen ist, im vierten Stock einen Wortwechsel gehört, sozusagen ein Geschrei?
- Ich putzte im zweiten Stock.
- Sie haben nichts gehört?
- Ich putze immer von oben nach unten.
- Sie haben gewußt, daß Herr Doktor Schaad und Frau Rosalinde früher verheiratet gewesen sind, oder haben Sie das erst durch den Bezirksanwalt erfahren?
- Irgendwie habe ich es vermutet.
- Eine letzte Frage, Frau Bickel:
- Er hat nie Champagner gebracht.
- Warum sind Sie an jenem Samstagabend nochmals in die Hornstraße gegangen? In der ersten Einvernahme haben Sie gesagt: Das war abgemacht . . .
- Sonst wäre ich ja nicht gegangen.
- Frau Bickel, was war abgemacht?
- Daß ich ihr beim Packen helfe und bügle.

- Frau Rosalinde wollte verreisen?
- Offenbar.
- Als Sie dann die Polizei anriefen, waren Sie sehr verwirrt, Frau Bickel, begreiflicherweise, Sie konnten in der ersten Einvernahme nicht sagen, ob die Wohnungstüre abgeschlossen war oder nicht . . .
- Ich meine, sie war abgeschlossen.
- Was heißen würde, daß der Täter einen Schlüssel zur Wohnung hatte, und das ist sehr wichtig, Frau Bickel.
- Ja.
- Sie meinen also, die Türe war abgeschlossen?
- Ich weiß es nicht.

Was hilft, ist Billard.

- Es mag sein, daß der Angeklagte, wie wir gehört haben, ein Mensch ist, der keiner Fliege auch nur ein Bein krümmen könnte. Leider handelt es sich in diesem Fall nicht um eine Fliege . . .

Manchmal hilft der Oberrichter:

– Herr Staatsanwalt, ich untersage Ihnen diesen Ton!

Wenn man allein Billard spielt, wird die Pause manchmal zu lang, nachdem ich verfehlt habe; ich stehe neben dem Tisch, reibe mit der blauen Kreide an meinem Stock, während ich die neue Lage der Kugeln betrachte, und reibe und reibe, es ist ja kein Partner da, der ungeduldig darauf wartet, daß ich den Stock ansetze und spiele; ich stehe und reibe und höre meinen Verteidiger:

– Ist es also richtig, Herr Schaad, wenn man sagt, daß Sie immerhin das Vorleben dieser Frau einigermaßen gekannt haben?
– Ich liebte sie.
– Das ist nicht meine Frage, Herr Schaad.
– Ich liebte sie.
– Das sagten Sie schon.
– Ich liebte sie.
– Sie wußten also: Heirat mit neunzehn Jahren, weil ein Offizier sie vergewaltigt hat, ein Fliegerhauptmann. Ihr Vater war Major und Kantonsrat. Eine verfehlte Ehe von Anfang an. Weswegen sie schon nach wenigen Monaten eine heimliche

Affaire hatte. Ihre erste Liebe. Das war in Sion. Der Fliegerhauptmann klagte auf Ehebruch, und danach studierte sie in Bern.

– Ein oder zwei Semester.

– Was haben Sie sonst gewußt?

– Es fehlte ihr an Selbstvertrauen.

– Könnten Sie das genauer erklären?

– Ihr Vater, der Major, hat Erwartungen in sie gesetzt, die sie einfach nicht erfüllen konnte, und in der Folge traute sich Rosalinde überhaupt nichts mehr zu. Nur als Frau hatte sie immer Erfolg, glaube ich, und das brauchte sie als Selbstbestätigung. Das kann man ja verstehen. Ich weiß nur, in Bern lebte sie mit einem Mann, den sie wirklich liebte, drei oder fünf Jahre lang. Ein Sänger. Seinen Namen habe ich vergessen.

– Hier heißt es: Grafiker.

– Das war ihr zweiter Ehemann, der Grafiker. Nämlich der Sänger war verheiratet und viel auf Reisen und fast zehn Jahre älter als Rosalinde.

– Was wußten Sie weiter?

– Sie ist keine Nymphomanin gewesen.

– Aber von Zeit zu Zeit brauchte sie ihre

Selbstbestätigung als Frau, weil ihr Vater,
der Major in Sion, andere Erwartungen in
sie gesetzt hatte, und das alles konnten Sie
verstehen, Herr Doktor Schaad . . .

– Ja.

– Stimmt es, daß Sie, Herr Schaad, ein
heimliches Verhältnis mit Rosalinde hatten, als sie mit dem Grafiker verheiratet
war?

– Ja.

– Das war in Bern.

– Ja.

– Während Sie in Zürich verheiratet waren.

– Ja.

– Wissen Sie, wie der Grafiker in Bern es
seinerseits aufgenommen hat, als er von
ihrer heimlichen Affaire erfuhr, ich meine
die Affaire mit Ihnen?

– Es war ein Schock für ihn, glaube ich.
Hat Rosalinde davon erzählt?

– Ungefähr, ja, nicht genau.

– Was wußten Sie genau?

– Sie war keine Nymphomanin . . .

– Das sagten Sie uns schon.

– Im Grunde ist sie ein Kamerad.

– Und deswegen kam es zu Ihrer sechsten
Ehe.

- Das ist die Wahrheit.
- Als Sie später mit Rosalinde verheiratet gewesen sind, Herr Doktor Schaad, und als Sie eines Morgens beim Frühstück wissen wollten, was eigentlich los ist seit einem halben Jahr: wie haben Sie das aufgenommen, Herr Doktor Schaad?
- Sie meinen ihre Affaire mit Jan . . .
- Zum Beispiel.
- Die dauerte ja schon über ein Jahr.
- Waren Sie überrascht?
- Ja.
- Sie waren überrascht . . .

Wenn man Billard allein spielt, dann und wann gibt es Zuschauer, die, ein Glas in der Hand, darauf warten, wie ich die nächste Aufgabe zu lösen versuche. Das zwingt zum Weiterspielen, und deswegen bin ich froh um solche Zuschauer. Meistens bleiben sie nicht lang; wenn ich zwei oder drei Mal verfehlt habe, bin ich wieder allein.

- Der Herr Staatsanwalt hat das Wort . . .

Mein Freispruch wird ihn nie überzeugen.

– Was die Schließverhältnisse betrifft, ich fasse zusammen: ein gewaltsames Eindringen in die Wohnung ist ausgeschlossen. Es sind keinerlei Beschädigungen zu finden. Also bleiben zwei denkbare Möglichkeiten: entweder wurde das Schnappschloß von innen geöffnet, das heißt, Rosalinde Z. hat den Täter in ihre Wohnung gelassen. Dagegen spricht allerdings, daß Rosalinde Z. zur fraglichen Zeit, wie wir gehört haben, der Wirkung starker Schlafmittel ausgesetzt war. Weswegen es vermutlich zu keiner Gegenwehr gekommen ist. Die zweite Möglichkeit: der Täter hat über einen Wohnungsschlüssel verfügt. Wer sonst außer dem Angeklagten und der Putzfrau über einen Wohnungsschlüssel verfügt hat, wissen wir nicht; außer Zweifel aber steht, daß der Angeklagte über einen Wohnungsschlüssel verfügt hat.

Was vor Gericht nicht zur Sprache kommt: unsere verjährten Bubenspiele in der Kiesgrube. Der kleine Egon, dem wir die Füße gefesselt haben, weil man unter Indianern nicht Egon heißt, ist nach drei Tagen von einem Polizei-Hund gefunden worden mit Lungenentzündung (wer ihm die Füße gefesselt hat, wagte er damals nicht zu sagen), und später, als bekannter Pianist, ist er mit einem Verkehrsflugzeug abgestürzt; er fällt als Zeuge aus.

– Auch Sie, Fräulein Schlegel, würden als Arztgehilfin bestätigen, daß der Angeklagte als Mensch, wenn nicht die ärztliche Pflicht es anders verlangt, ein Mensch ist, der keiner Fliege ein Bein krümmen könnte . . .

Die Kiesgrube, wo eine Gruppe von Pfadfindern sich versammelt hat, während Rosalinde Z. in ihrer Wohnung erdrosselt worden ist, und wo mein blauer Volvo nicht gesehen worden ist, eine Kiesgrube wie andere auch, befindet sich, wie ich in der ersten Einvernahme versichert habe, zwischen Zumikon und Ebmatingen.
Das hat die Polizei bestätigt.
Ich bin dankbar für jede Bestätigung.

– Sie sind also in der Praxis gewesen, obschon es ein Samstag war, und haben dort gearbeitet, Fräulein Schlegel, und Sie haben die Praxis den ganzen Nachmittag lang nicht verlassen, so sagen Sie . . .

– Ich wartete auf einen Anruf.

– Und um diesen Anruf nicht zu verpassen, sind Sie den ganzen Nachmittag lang nicht ausgegangen, zum Beispiel um einen Kaffee zu trinken oder Zigaretten zu kaufen . . .

– Ich rauche ja nicht.

– Ich frage Sie jetzt zum letzten Mal:

– Ich arbeitete ja in dem hinteren Labor, da sehe ich nicht, wenn jemand durch die Diele geht. Und schließlich hat der Herr Doktor ja einen Schlüssel, er braucht nicht zu klingeln, wenn er kommt.

– Also Sie haben den Angeklagten nicht gesehen?

– Das behaupte ich ja nicht . . .

Haben Sie den Angeklagten gehört?

Die Zeugin überlegt.

– Fräulein Schlegel, Sie haben die Wahrheit zu sagen.

– Vielleicht ist er durch die Diele gegangen, grad als mein Freund angerufen hat, und der Herr Doktor wollte mich nicht stören und ging in sein Zimmer, ja, das halte ich für möglich.

– Wann hat Ihr Freund denn angerufen?
– Kurz nach vier, glaube ich.
– Wann haben Sie die Praxis verlassen?
– Kurz vor fünf, glaube ich.
– Ohne den Angeklagten gesehen zu haben . . .

Die Zeugin schweigt.

– Ich habe keine weiteren Fragen an die Zeugin.

Der Staatsanwalt lehnt sich zurück.
Die Zeugin erschrickt.
Der Verteidiger hat das Wort:

– Wenn Sie in diesem hinteren Labor arbeiten, Fräulein Schlegel, können Sie es hören, wenn jemand im Arztzimmer hustet, zum Beispiel, oder können Sie überhaupt etwas hören, Schritte zum Beispiel?
– Nein.
– Wieso nicht?
– Weil dort ein Spannteppich ist.

Die Lichtbilder, aufgenommen vom wissenschaftlichen Dienst der Polizei: Nacktheit der Leiche im Institut, die Vagina mit einem schwarzen Streifen abgedeckt, wichtig sind die blauen Striemen am Hals des Opfers; eine Großaufnahme davon; wichtig ist auch die Fesselung der beiden Fußgelenke; eine Großaufnahme zeigt, daß es ein Klebeband gewesen ist, womit der Täter zuerst einmal die Füße des Opfers gefesselt hat. Warum hat das Opfer sich offensichtlich nicht gewehrt? Das ist wichtig insofern, als bei Felix Schaad, verhaftet fünf Tage nach der Tat, keinerlei Kratzspuren haben festgestellt werden können. Die dritte Großaufnahme: die Damenbinde im Mund; wahrscheinlich ist das Opfer schon daran erstickt, und es wäre nicht nötig gewesen, daß der Täter es auch noch mit der Krawatte erdrosselte. Endlich das Lichtbild, das der Staatsanwalt im Augenblick wünscht: das Opfer auf dem Teppich neben dem Bett, völlig angekleidet, die Hände in den Schoß gelegt, auf der Brust die fünf Lilien.

– Was mit Bestimmtheit gesagt werden kann, es handelt sich um ein Beziehungsdelikt. Ein Raubüberfall mit Totschlag ist ausgeschlossen, wie ich bereits ausgeführt habe. Die Art und Weise, wie der Täter ans Werk gegangen ist, Erstickung des Opfers mit einer Frauenbinde, deutet auf Eifersucht als Motiv . . .

Wandern hilft eine Zeit lang.

- Wieso stapfen Sie durch Unterholz?
- Weil der Weg plötzlich aufgehört hat.
- Wieso hat der Weg aufgehört?
- Ein Holzweg . . .
- Sie kennen diesen Wald, so behaupten Sie, und warum bleiben Sie nicht auf den Wegen, die Sie seit Jahrzehnten kennen, Herr Doktor Schaad, vor allem an einem nebligen Tag wie heute?
- Ich wandere ungern auf Asphalt.
- Sie lieben Unterholz . . .
- Nicht unbedingt, nein, nicht wenn es naß ist wie heute und wenn man in Halbschuhen geht und immer wieder ausrutscht.
- Was bezeichnen Sie als Holzweg?
- Das sieht man nicht immer von Anfang an, zuerst ist es ein guter Weg und ziemlich breit, manchmal geht man auf Kies,

später ist da kein Kies mehr, aber immer
noch eine Art von Weg. Zwischen gefäll-
ten Stämmen. Ich glaube, die Stämme waren geschält. Und plötzlich, in einer Lich-
tung, gibt es nur noch diese tiefen Spuren
von einem Bulldozer, Kurven im Lehm,
der Rest ist Unterholz.

- Haben Sie Forstarbeiter gesehen?
- Nein.
- Haben Sie eine Motorsäge gehört?
- Nein.
- Sie würden also annehmen, Herr Doktor
  Schaad, daß Sie seit ungefähr einer Stunde
  von niemand gesehen worden sind?
- Das weiß ich nicht.
- Wissen Sie, wo Sie sich im Augenblick
  befinden?
- Oberhalb von Toggwil . . .
- Warum pissen Sie jetzt gerade auf diese
  Spinnweben?

Später brauche ich ein Bier, eine Wurst.

- Hat der Herr, als er in die Wirtsstube
  gekommen ist, eine Krawatte getragen?
  Und wenn ja: erinnern Sie sich an die
  Farbe dieser Krawatte?

Die Kellnerin überlegt.

— Das wissen Sie nicht mehr . . .
— Nein.
— Haben Sie den Herrn wiedererkannt?
— Ich arbeite ja erst seit einem Monat hier.
— Und Sie wissen nichts von einem Fall Schaad?
— Nein.
— Was ist Ihnen an ihm aufgefallen?

Die Zeugin überlegt.

— Ist Ihnen nichts aufgefallen . . .
— Er legte die Hand an den grünen Kachelofen, ja, das ist mir schon aufgefallen, und dann wünschte er den Platz am Kachelofen, der eigentlich nur für Stammgäste ist, und es ist mir aufgefallen, daß der Herr nicht rasiert gewesen ist, glaube ich, und er hat seine Mütze nicht abgenommen, ja, so eine Baskenmütze.
— Wirkte er nervös?
— Als ich die Kleine Tageskarte brachte, blickte er mich gar nicht an, sondern bestellte sofort ein kleines Bier.

- Was geschah weiter?
- Er saß einfach dort am Kachelofen.
- Haben Sie sich denn nicht gewundert, daß er Sie fragte, wie Sie heißen, und daß er sich später den Namen auf einen kleinen Zettel geschrieben hat?
- Hat er das?
- Das haben Sie nicht bemerkt . . .
- Als ich das Bier brachte, bestellte er eine Bratwurst, und das gibt es ja um diese Tageszeit gar nicht. Offenbar hat er unsere Kleine Tageskarte gar nicht gelesen. Nach zwei Uhr gibt es bei uns nur Kaltes, Salami zum Beispiel.
- Das war also nach zwei Uhr . . .
- Sicher.
- Hat der Herr mit Ihnen geredet?
- Ich merkte schon, daß der Herr mich immer wieder anblickt, wenn ich am Buffet stehe, das ist man als Kellnerin gewohnt. Vielleicht hat er etwas gesagt über das Wetter draußen. Das höre ich schon gar nicht mehr, wenn sie über das Wetter reden, ich wandere ja nicht.
- Sonst ist Ihnen nichts aufgefallen?
- Ich hatte Gläser zu trocknen.
- Wie lange blieb er denn?

– Später bestellte er einen Schnaps.
– Um wieviel Uhr war das?
– Viertel vor vier.
– Wieso wissen Sie das so genau?
– Weil der Herr plötzlich gefragt hat, wie
  spät es denn sei, dabei haben wir die Uhr
  über dem Buffet, und der Herr selber hatte
  eine Uhr am Arm. Warum fragte er denn!
  Das kam mir schon merkwürdig vor.
– Sonst sagte er nichts?
– Und später als er bezahlt hat, als er aufge-
  standen ist, ich sagte wie immer: Adieu!
  und er sagte: Jetzt ist es Viertel nach fünf,
  Fräulein, genau Viertel nach fünf! als sei
  es wichtig, daß ich das weiß . . .
– Hat er mehr als einen Schnaps getrunken?
– Drei.
– Wie hat er sich dabei verändert?
– Er schwitzte.
– Was ist Ihnen sonst aufgefallen?

Die Zeugin überlegt.

– Redete er mit sich selbst?
– Er fragte, wo das Telefon sich befindet.
– Und ging er ans Telefon?
– Zuerst nicht . . .

– Und was geschah weiter?

– Plötzlich stand er auf.

– Wie lange hat er telefoniert?

– Er habe keine Verbindung bekommen, sagte er, und das stimmte, das sehen wir ja auf dem Zähler, aber später ging der Herr nochmals in die Kabine und nochmals und sagte, die Nummer sei besetzt.

Die Wahrheit und nichts als die Wahrheit.

– Herr Schaad, wen haben Sie aus dieser Gaststube soeben anrufen wollen?

– Rosalinde.

– Und die Nummer war besetzt?

– Diese Nummer sei nicht mehr in Betrieb.

– Heute ist es ein Jahr, seit Rosalinde Z. ermordet worden ist, und es verwunderte Sie, Herr Doktor Schaad, daß diese Nummer nicht mehr in Betrieb ist?

– Nein.

– Trotzdem versuchten Sie es mehrmals?

– Drei Mal . . .

Was auch nicht hilft: Alkohol.

– Haben Sie ihn oft betrunken gesehen?

– Dann und wann.
– Wie verhielt er sich dann?
– Das sage ich nicht . . .
– Wurde er, zum Beispiel, aggressiv?
– Melancholisch.
– Er wurde weinerlich, meinen Sie . . .
– Das habe ich nicht gesagt.
– Sie meinen: Er tat sich selber leid.
– Ich glaube nicht, daß Papa ein Mörder ist,
das glaube ich nicht. Ein Egoist, ja, das ist
er. Wie er meine Mutter behandelt hat,
aber da war ich noch ein Kind, und was
dann und wann meine Mutter erzählt hat,
das soll sie selber sagen. Wie sie ihn be-
handelt hat, das weiß ich ja auch nicht.
Jetzt bin ich sechzehn, ich glaube ja auch
nicht mehr alles.
– Was verstehen Sie unter einem Egoisten?
– Ich wollte sagen: Egozentriker.
– Ist das ein Unterschied?
– Ein Egoist gibt nichts.
– Und das ist bei Ihrem Papa nicht der Fall?
– Nein, weiß Gott, nein.
– Was ist denn ein Egozentriker?
– Der würde eher sich selber umbringen.
– Wenn er kein Feigling wäre.
– Das habe ich nicht gesagt.

Der Zeuge schluchzt:

– Ich kann doch meinen Vater nicht schildern!

Drei Wochen nach dem Freispruch werde ich
noch immer verteidigt, wo immer ich gehe
oder liege oder stehe; im Augenblick sitze ich
in der Sauna, die Ellbogen auf die Knie gestützt, die Hände vor dem Gesicht.

– Was die Mikrospuren an der Krawatte
   betrifft, es handelt sich also um Pfeifentabak, wie wir von dem Experten hören,
   und wenn ich Sie richtig verstanden habe,
   Herr Professor: es gibt keine Kleidungs-
   stücke des Angeklagten, die nicht Mikrospuren von Tabak aufweisen, selbst wenn
   sie aus der Reinigungsanstalt kommen . . .
– Das ist richtig.
– Der Angeklagte hat aber nie bestritten,
   daß die Krawatte, die der Täter verwendet hat, seine Krawatte sei, und ich verstehe nicht, was uns diese Expertise beweisen soll?
– Ich möchte nicht mißverstanden werden . . .

– Muß der Täter ein Pfeifenraucher sein?

– Wie gesagt, es handelt sich um Mikrospuren, die wir untersucht haben, und zwar einwandfrei, leider sind die Partikel auf der Krawatte, die bei der Erdrosselung verwendet worden ist, viel zu klein und wir können nicht mit Sicherheit sagen, daß es sich um die gleiche Tabaksorte handelt, die der Angeklagte zu rauchen pflegt.

– Sie haben meine Frage verstanden?

– Ich kann nur wiederholen, was in unserem Bericht steht, und Sie haben diesen Bericht gehört, Sie bekommen ihn auch schriftlich.

– Warum antworten Sie nicht auf meine Frage?

– Aufgrund unsrer wissenschaftlichen Untersuchung kann der Angeklagte, der überall Mikrospuren von Tabak hinterläßt, nicht als Täter ausgeschlossen werden.

– Das ist klar.

– Was war Ihre Frage?

– Anderseits scheint es mir wichtig zu wissen, wo sonst, außer auf der Krawatte, solche Mikrospuren von Tabak gefunden worden sind . . .

- Das steht ja in unserem Bericht.
- Wenn ich richtig gehört habe: am Handtuch in der Toilette, auf der Armlehne eines Sessels, nicht auf dem Bettzeug der Rosalinde Z., hingegen da und dort in der Küche und am linken Ärmel ihres Mantels und sozusagen überall – aber nicht an der Leiche, wenn ich richtig gehört habe, nicht an dem Kleid, das sie getragen hat, und daher meine Frage: Wie erklärt es der Herr Experte, daß Mikrospuren von Tabak, die auf den Angeklagten verweisen, fast überall in der Wohnung zu finden sind, nur nicht am Opfer selbst? . . . Vielleicht hat Herr Schaad an diesem Tag nicht geraucht, seine Hände waren sauber, wie wenn er in der Praxis oder in der Klinik arbeitet, und was beweisen dann diese Tabakspuren an der Krawatte – daß es einmal seine Krawatte gewesen ist, ja, und was weiter?
- Ich verweise auf unseren Bericht.
- Herr Professor, das habe ich gehört.
- Es ist so, wie ich glaube gesagt zu haben, es hängt von den Stoffen ab, eine sehr glatte Seide zum Beispiel, im Gegensatz zu einer Krawatte aus Wolle, wie der Täter sie verwendet hat, oder zu einem Handtuch aus

Leinen oder zum Gobelin auf einer Sessellehne und so weiter, eine sehr glatte Seide gehört zu den ungünstigsten Stoffen, wenn es um Mikrospuren geht, und das gilt ja auch für die Fingerabdrücke, wie ich im Bericht glaube gesagt zu haben, auch die Wolle einer Krawatte ist zwar günstig für Tabakspuren, aber nicht für Fingerabdrücke, so wenig wie Seide, und es ist alles getan worden, um die Fingerabdrücke am Tatort zu sichern, ich habe auch nie behauptet, daß an dem ledernen Mantel der Ermordeten und in ihrer Wohnung ausschließlich Fingerabdrücke von Herrn Doktor Schaad gefunden worden sind, und was nochmals diese Tabakspuren betrifft, solche sind zwar am Opfer nicht gefunden worden, in der Tat, aber auf dem Teppich, wo das Opfer gelegen ist, und zwar reichlich, wie gesagt, es handelt sich nicht um Asche von Zigarettentabak, das auch, aber wir wissen, daß Zigarettentabak vollständig verbrennt oder gar nicht, wogegen die Mischung von Asche und angebranntem Tabak, auch wenn sie nur in Mikrospuren vorliegt, auf Pfeifentabak zurückzuführen ist. Und zwar einwandfrei.

Im Gerichtssaal darf nicht geknipst werden; in der Presse gibt es nur zeichnerische Skizzen: der Angeklagte mit verschränkten Armen blickt zur Saaldecke.

– Sie sind Frau Schaad?
– Ja.
– Ihr Vorname?
– Lilian.
– Ihr Mädchenname ist Habersack.
– Das stimmt.
– Beruf?
– Kindergärtnerin.
– Sie sind geschieden, Frau Schaad?
– Das stimmt.
– Sie kennen also den Angeklagten persönlich . . .

Lacher auf der Tribüne.

– Als Zeugin haben Sie die Wahrheit zu sagen und nichts als die Wahrheit, Sie wissen, daß falsches Zeugnis mit Gefängnis bestraft wird, in schweren Fällen mit Zuchthaus bis zu fünf Jahren.

Wenn Gattinnen einvernommen werden, ist die Tribüne voll; auch für Studenten ist die Ehe, so scheint es, immer noch ein Problem.

– Hat der Angeklagte, als Sie mit ihm verheiratet gewesen sind, Sie tätlich mißhandelt oder in diesem Sinne bedroht? Zum Beispiel: Hat er Sie, wenn es zu Spannungen gekommen ist, geschlagen oder am Hals gepackt, so daß Sie fürchten mußten, erwürgt zu werden?

In der Sauna braucht man nicht zu reden, alle sitzen nackt und schwitzen, eigentlich schaut man einander nicht an, bis man unter die Dusche geht, dann ins Freie, um zu dampfen.

– Ist es also richtig, Frau Doktor, wenn man sagt, daß der Angeklagte zwar nicht tätlich geworden ist, aber daß er zur Eifersucht neigt und daß Sie darunter gelitten haben, zumal er gar keinen Grund hatte zur Eifersucht?

Die Zeugin nickt.

– Und wie äußerte sich denn seine geradezu krankhafte Eifersucht?

Die Zeugin überlegt.

- Hat er Briefe geöffnet?
- Ich glaube nicht.
- Und trotzdem traute er Ihnen nicht . . .
- Zum Beispiel ließ er mir Blumen schicken. Ohne Absender. Und wenn ich sie auspackte, beobachtete er mich, er wollte sehen, ob die Blumen mich verlegen machen.

Ich sitze noch immer und dampfe, ich lege mein blaues Tuch auf den Unterleib, während der amtliche Verteidiger jetzt das Wort hat, ich komme mir nackter vor als die andern, die neben mir dampfen.

- Stimmt es, Frau Doktor Schaad, daß Sie nach der Scheidung ein kameradschaftliches Verhältnis hatten mit dem Angeklagten?
- Warum nicht?
- Können Sie sich erinnern, wie der Angeklagte sich verhalten hat, als Sie ihn zuletzt in dem vegetarischen Restaurant getroffen haben, damit er Sie in Steuersachen berät?

– Er hat mich ja nicht beraten . . .
– Immerhin hat er Sie getroffen, Frau Dok-
tor Schaad, zwei Tage nach dem Mord,
das war am Montag, und Sie hatten nicht
den Eindruck, daß Herr Schaad mit seiner
Verhaftung rechnet?
– Nein.
– Wirkte er nervös?
– Ich zeigte ihm die Mahnung vom Steuer-
amt, und er tat, als kümmere ihn das über-
haupt nicht . . .
– Was sagte er denn?
– Er war sonderbar, ja, das schon.
– Anders als sonst?
– Er sei nicht mein ewiger Steuerbera-
ter . . .
– Sie haben zusammen gegessen?
– Er aß überhaupt nichts.
– Er sei nicht Ihr ewiger Steuerberater, und
was sonst hat Herr Doktor Schaad denn
in diesem vegetarischen Restaurant noch
gesagt?

Die Zeugin überlegt.

– Hat er Rosalinde Z. erwähnt?
– Ja.

– Wußten Sie schon von dem Mordfall?
– Nein.
– Sie erfuhren es durch ihn?
– Ja.
– Was sagte denn Herr Doktor Schaad dazu?
– Er hatte Tränen in den Augen.

Ich werde die Sauna wechseln. Es geht nur, wo niemand mich kennt, wo der Saunameister mich nicht begrüßt, wo niemand schaut, wie ich schwitze und tropfe, die Ellbogen auf die Knie gestützt, die Augen geschlossen.

– Sie sind ebenfalls Frau Schaad?
– Ja.
– Ihr Vorname ist Gisela?
– Gisel.
– Ihr Mädchenname ist Stamm?
– Das ist richtig.
– Auch Sie sind mit dem Angeklagten verheiratet gewesen und geschieden, Frau Doktor Schaad, und kennen also die Persönlichkeit des Angeklagten . . .

Die Zeugin nickt.

– Wie lang sind Sie verheiratet gewesen?

Die Zeugin überlegt.

– Ungefähr?
– Wir haben ja schon vorher zusammen
  gewohnt, als Schaad noch verheiratet
  war, und später waren wir verheiratet,
  aber wir lebten nicht mehr zusammen,
  wie das so ist, ich weiß nicht, was ich
  sagen soll, er bestreitet ja, daß es eine Ehe
  gewesen sei.
– Immerhin tragen Sie seinen Namen.
– Das ist richtig.
– Ihr Beruf:
– Ich war Arztgehilfin . . .

Schlimmer als alles, was Gattinnen aussagen
können, sind Erinnerungen, die das Schwurgericht nicht hört: das graue Kaninchen (PINOC-
CHIO) unter dem Rasiermesser und wie der
kleine Felix tagelang geweint hat, als das Kaninchen nicht mehr lebte, die Mama kaufte ihm
ein anderes, das war aber nie wieder so lieb wie
das graue.

– Stimmt es, Herr Schaad, was die Zeugin
  soeben gesagt hat?
– Unsere Erinnerungen gehen auseinander.

– Die Zeugin sagt, daß Sie zu wiederholten
Malen gedroht haben, ihr Gepäck einfach
auf dem Bahnsteig stehenzulassen und
allein zu verreisen, wenn sie noch einmal
zu spät auf den Bahnsteig komme, und
das schon im ersten Jahr der Ehe.
– Daran erinnere ich mich nicht . . .
– Und einmal, Herr Doktor Schaad, haben
Sie das auch getan, wie die Zeugin berich-
tet, drei Jahre später: die Zeugin wollte
nur noch zum Kiosk gehen, um Zigaretten zu kaufen, und hat jemand getroffen
oder ein Schaufenster gesehen, und als sie
auf den Bahnsteig zurückkam, stand ihr
ganzes Gepäck auf dem Bahnsteig, und
Sie, ihr Ehemann, winkten aus dem ab-
fahrenden Zug.
– Das war in Bern.
– Daran erinnern Sie sich also.
– Ja.
– Ist es richtig, Herr Doktor Schaad, wenn
man sagt, daß Sie, sobald es einmal nicht
nach Ihren männlichen Wünschen geht,
sehr leicht die Nerven verlieren?

Es ist nicht günstig, wenn der Angeklagte
lacht. Die Zeugin wird dadurch nicht lockerer,

im Gegenteil, nur der Staatsanwalt hat es sofort leichter:

– Stimmt es, Frau Doktor, daß Sie dann und wann bei einer Freundin übernachtet haben, obschon der Angeklagte, wie Sie behaupten, Sie niemals gewürgt oder sonstwie tätlich bedroht hat?
– Ich verstehe die Frage nicht . . .
– Frau Doktor, warum geben Sie denn nicht zu, daß Sie dann und wann bei einer Freundin übernachtet haben, weil Sie dann und wann Angst hatten vor diesem Mann?

Der Verteidiger wehrt ab:

– Was die Übernachtungen bei einer Freundin betrifft, habe ich eine Frage an den Angeklagten: Sie wußten also, Herr Schaad, wo Ihre damalige Gattin dann und wann übernachtete, wenn sie Angst hatte vor Ihnen?
– Ja.
– Woher wußten Sie das denn?
– Sie sagte es mir.
– Haben Sie einmal diese Freundin gefragt,

ob sie auch wisse, daß Ihre verstörte Gattin dann und wann bei ihr übernachtet?

– Einmal habe ich angerufen, ja . . .

– Weil Sie daran zweifelten.

– Weil ich Angst hatte um sie.

– Und Ihre verstörte Gattin war dort?

– Ja.

– Haben Sie mit ihr gesprochen?

– Nein.

– Wieso nicht?

– Ihre Freundin sagte, meine Frau schlafe bereits, und es sei sehr spät, das gebe ich zu, beinahe drei Uhr, ich entschuldigte mich.

– Sie waren beruhigt?

– Ich war betrunken.

– Und das erfuhr Ihre Frau . . .

– Leider, ja, offenbar habe ich viel Unsinn geredet, das wußte meine Frau am andern Morgen.

– Später haben Sie nie wieder angerufen?

– Nein.

– Ein anderes Mal, als Ihre Gattin sich von Ihnen zu Hause bedroht fühlte und deswegen bei der besagten Freundin übernachtete, sind Sie in die Tonhalle gegangen, und im Foyer haben Sie

die besagte Freundin gesehen. Stimmt
das?

– Das stimmt.

– Was dachten Sie sich dazu?

– Sie war sehr verlegen.

– Was sagte denn ihre Freundin?

– Wir nickten nur.

Was zuverlässig hilft, aber kurzfristig: das Er-
gometer, was man als Arzt so oft empfohlen
hat. Die meisten Patienten finden es zu lang-
weilig. Zehn Minuten lang Streß mit Blick auf
die Watt-Uhr. Dann nimmt die Pulsfrequenz
wieder ab, und es geht weiter.

– Sie sind ebenfalls Frau Schaad?

– Ja.

– Ihr Vorname ist Corinne.

– Das ist richtig.

– Ihr Mädchenname:

– Vogel.

– Sie sind ebenfalls geschieden . . .

Es ist nicht günstig für den Angeklagten, wenn
die Geschworenen sehen, daß eine Zeugin ihn
langweilt; Langeweile gibt einen Zug von
Grausamkeit.

– Auch Sie erinnern sich also nicht an tätliche Bedrohung, Frau Schaad, hingegen haben Sie darunter gelitten, wenn er im Zimmer auf und ab gegangen ist und Vorträge gehalten hat, wie Sie es nennen, und manchmal sogar nach Mitternacht . . .

– Ja.

– Kam das öfter vor?

– Zwei oder drei Mal im Monat.

– Können Sie uns sagen, was der Angeklagte, wenn er im Zimmer auf und ab gegangen ist, vorgetragen hat?

Die Zeugin überlegt.

– Hat er Sie beschimpft?

– Das ist nicht seine Art.

– Was empfanden Sie denn als grausam?

– Ich wollte schlafen . . .

– Sie erinnern sich also nicht mehr, was Herr Doktor Schaad, wenn er Sie nicht hat schlafen lassen, stundenlang vorgetragen hat?

– Theorie . . .

– Worüber?

– Er wollte mich überzeugen . . .

– Und das gelang ihm nicht?

– Einmal, als ich nicht zuhörte, schmetterte

Felix eine Tasse gegen die Wand, das ist
vorgekommen.
– Weil Sie nicht zuhörten?
– Es war keine kostbare Tasse.

Das Haus in der Lindenstraße, wo die Zeugin
nicht tätlich mißhandelt worden ist, aber seelisch, ist inzwischen abgerissen worden, was
schade ist: ein Jugendstilhaus. Offenbar ist das
schon vor einiger Zeit geschehen; hinter einem
Zaun grünt es auf dem Schutt, ZUTRITT FÜR
UNBERECHTIGTE STRENGSTENS VERBOTEN, es
blüht sogar durch die Latten, und nur die
Brandmauer zum Nachbarhaus zeigt noch, wo
ehedem die Stockwerke gewesen sind, die
Treppe, die blauen Toiletten übereinander; wo
wir gewohnt haben, flattern jetzt die Spatzen.

– Stimmt es, Herr Schaad, was die Zeugin
uns sagt?

Es gibt kein gemeinsames Gedächtnis.
Was hilft, ist Billard.
Ich habe jetzt eine Geschicklichkeit, daß ich,
wenn sich im grünen Geviert unter der Lampe
nicht eine besonders schwierige Aufgabe stellt,
spielend eine weitere Gattin anhören kann.

– Sie sind ebenfalls Frau Schaad?
– Das stimmt.
– Ihr Vorname?
– Andrea.
– Ihr Mädchenname:
– Padrutt.
– Ihr Beruf ist Hausfrau.
– Das stimmt nicht.
– Hier steht aber: Hausfrau.
– Zur Zeit arbeite ich in einer Galerie.
– Wie nennt man diesen Beruf?
– Ich habe studiert . . .
– Als Zeugin, Frau Doktor, haben Sie die Wahrheit zu sagen und nichts als die Wahrheit, Sie wissen, daß falsches Zeugnis mit Gefängnis bestraft wird, in schweren Fällen mit Zuchthaus bis zu fünf Jahren.
– Ich habe Romanistik studiert . . .
– Zuerst wird Sie der Herr Staatsanwalt befragen.

Was immer noch Mühe macht: die Rückzieher oder Rückroller oder wie man das nennt; es ist selten, daß mir das gelingt.

– Sie haben die Frage verstanden, Frau Doktor Schaad?

— Nein.

— Hat der Angeklagte, als Sie mit ihm verheiratet gewesen sind, Sie tätlich bedroht?
Zum Beispiel: Hat er Sie, wenn es zu
Spannungen gekommen ist, mit Fäusten
geschlagen oder am Hals gepackt, so
daß Sie fürchten mußten, erwürgt zu werden?

Ich muß endlich die Rückzieher üben: Stoß
von oben, um die Kugel in ihrer untern Hälfte
zu treffen, so daß sie, wenn sie die andere
Kugel getroffen hat und dadurch in ihrem Lauf
gestoppt ist, kraft ihres eigenen Dralles rück-
wärts rollt. Der Stoß muß entschieden sein,
dabei knapp, damit der Stock nicht den grünen
Tisch verletzt. Der erste Stoß ist mißlungen.
Der zweite Stoß ist mißlungen, der dritte
bringt einen Treffer, aber eine aussichtslose
Lage meiner Kugel, so daß der vierte Stoß
wieder mißlingt; dann aber bringe ich es zu
einer Serie, ohne die Treffer zu zählen, und die
Serie ist noch nicht abgebrochen, als ich zur
blauen Kreide greife und wieder meinen Stock
reibe.

— Können Sie uns ein Beispiel nennen, Frau

Doktor? Sie sagen, Felix Schaad sei zärt-
lich, aber ein possessiver Typ . . .
– Deswegen kam es ja zur Scheidung.
– Können Sie dafür ein Beispiel nennen?

Die Zeugin überlegt.

– Vielleicht hilft es Ihnen, Frau Schaad,
wenn ich Sie daran erinnere, daß Sie da-
mals eine Beziehung zu einem andern
Mann hatten, der leider verheiratet war.
– Ich verstehe die Frage nicht . . .
– Sie begleiteten ihn zu Kongressen in aller
Welt, Frau Schaad, als seine Assistentin,
und das war kein Geheimnis, das wußte
Felix Schaad.
– Das war beruflich.
– Was haben Sie damals gefürchtet?
– Ich verstehe die Frage nicht . . .
– Als Herr Schaad einmal wissen wollte, ob
das denn ein Liebesverhältnis sei, haben
Sie es bestritten, weil Sie, so vermute ich,
etwas gefürchtet haben.
– Ich wollte ihn schonen.
– Sie wollten ihn schonen . . .
– Das ist richtig.
– Weil Sie gefürchtet haben, daß der Ange-

klagte, wenn er es erfahren würde, was andere schon lange wußten, zu allem imstande wäre, zum Beispiel, daß er seine Krawatte auszieht und Sie auf der Stelle erdrosselt?

— Das traue ich ihm nicht zu.

— Trotzdem haben Sie ihn gefürchtet?

— Er kann sehr ungehalten sein.

— Können Sie dafür ein Beispiel nennen?

Die Zeugin überlegt.

— Als er eines Tages, später, von anderer Seite erfahren hat, daß Sie drei Jahre lang mit ihm gewohnt haben, nur weil Professor L. ebenfalls verheiratet ist und dazu Familienvater, und als Sie diesen Sachverhalt im großen ganzen bestätigt haben: wie hat der Angeklagte sich da verhalten?

— Er hat sich sehr zusammengenommen.

— Wie?

— Geschwiegen hat er.

— Wie lang?

— Tagelang, und dann ist er verreist . . .

— Und es kam ein Brief aus Wien, der in Kopie dem Gericht bekannt ist, ich weiß nicht, ob Sie sich an diesen ziemlich langen Brief erinnern, Frau Schaad?

- Dabei war diese Geschichte, die er meinte, bereits zu Ende.
- Und was geschah weiter?
- Fortan schlief er in seinem Studio.
- Und was weiter?
- Ich war damals sehr niedergeschlagen.
- Weil er so possessiv war?
- Weil er anfing zu trinken.
- Und wenn er getrunken hat, Frau Schaad, und das ist meine letzte Frage: Was hat er denn gemacht, wenn er zuviel getrunken hat?
- Geredet hat er . . .
- Worüber?
- Immer dasselbe . . .
- Nämlich?
- Das weiß ich nicht mehr.
- Das wissen Sie nicht mehr . . .

Manchmal verleidet es auch dem Oberrichter:

- Kann die Zeugin hiemit entlassen werden?

  Die Zeugin nimmt ihre Handtasche.

- Fortsetzung der Einvernahmen am Montag um acht Uhr.

Ich stelle meinen Billardstock zurück ins Gestell. Ich ziehe die Jacke an. Meine Krawatte habe ich nicht ausgezogen zum Billard; ich straffe sie. In der Bar nebenan bestelle ich einen Fernet-Branca. Ich stehe in Mantel und Mütze. Draußen ist Tag. Ich finde meinen Wagen. Ohne Strafzettel, obschon meine Parkuhr abgelaufen ist. Ich setze mich ans Steuer. Es regnet. Ich stecke den Zündschlüssel ein und überlege, wo ich zur Zeit wohne.

– Herr Knüttel, Sie erinnern sich also, daß er in Ihrem Geschäft gewesen ist, und Sie haben mit ihm geredet. Ist das richtig?
– Ja.
– Er hat sich also für Antiquitäten interessiert . . .
– Das ist richtig.
– Suchte er etwas Bestimmtes?
– Der Herr ist mir schon mehrmals aufgefallen, weil er draußen vor meinem Schaufenster stand, manchmal eine Viertelstunde lang, auch wenn es regnete, er hatte etwas Bestimmtes im Auge, das war mein Eindruck.

– Wissen Sie, was er im Auge hatte?

– Nein.

– Einige Wochen lang, so behauptet Herr Doktor Schaad, hatten Sie einen englischen Schreibtisch, Kirschholz mit grünem Leder . . .

– Das stimmt, ja, das ist richtig.

– Als Herr Schaad endlich den Laden betreten hat, um sich diesen englischen Schreibtisch anzusehen, hat er Sie nach dem Preis gefragt?

– Das stimmt, ja, jetzt erinnere ich mich, aber der englische Schreibtisch war schon verkauft, als Herr Schaad zum ersten Mal in den Laden kam und sich nach dem Preis erkundigte. Der Herr schien das Möbel zu schätzen.

– Wissen Sie noch, woher Sie es hatten?

– Von einer Dame.

– Von einer Frau Doktor Schaad?

– Das könnte stimmen . . .

– Hat der Angeklagte irgendeine Bemerkung gemacht, was den englischen Schreibtisch betrifft, der verkauft war, oder hat er ihn nur betrachtet?

– Er wollte die genauen Maße wissen.

– Und wozu das?

– Das weiß ich nicht. Ich habe nachgemessen: der verkaufte Schreibtisch hatte genau die Maße, die der Herr vermutet hatte.

– Und daraufhin verließ er Ihren Laden?

– Nein.

– Sondern?

– Er schaute sich um ... Ich hatte noch andere Schreibtische, aber das war es offenbar nicht, was der Herr suchte. Später fragte er, ob er auch das Lager sehen dürfe, und ich zeigte es ihm. Er schaute sehr genau. Ein Sessel, ein Schaukelsessel, schien ihn zu interessieren. Er setzte sich hinein. Als ich sagte, der Sessel sei auch sehr bequem, lachte er: das wisse er. Und dann erkundigte er sich nach dem Preis einer französischen Standuhr.

– Die Sie auch von derselben Dame hatten?

– Das ist richtig.

– Und weiter?

– Als ich merkte, daß der Herr einige Stücke zu schätzen weiß, bot ich eine Tasse Tee an, wie üblich, und er lehnte nicht ab, er setzte sich aber nicht, als er den Tee trank, er stand und sagte, er fühle sich in meinem Lager wie zu Hause.

- Ist Herr Schaad nochmals zu Ihnen gekommen?
- Nein.

Auch über Träume wird man verhört:

- Sie hatten also das Gefühl, Sie können
  fliegen. Habe ich Sie richtig verstanden? –
  fliegen . . .
- Aber nur eine kurze Zeit lang.
- Wie lang ungefähr?
- Solange ich meine Ellbogen bewegen
  konnte. Wie Flügel. Aber das ist sehr an-
  strengend. Immerhin gelangte ich fast zur
  Decke dieses Saales.
- Das wären acht Meter.
- Eigentlich ist es nicht erlaubt, das wußte
  ich, aber eine Art von Lust, auch Hoch-
  mut, man ist der einzige, der fliegen kann.
- Und was geschah dann?
- Gleitflug.
- Wie meinen Sie das?
- So eine Kurve, es gelang noch eine Kurve
  im Gleitflug, aber das war nicht mehr in
  dem Gerichtssaal, plötzlich eine Land-
  schaft, gebirgig, ein grüner Stausee unter
  mir, ich hatte Angst, daß mein Gleitflug

nicht bis zum Ufer reicht – und das Ufer war senkrecht, eine Felswand, einfach senkrecht.
– Und daran sind Sie erwacht, Herr Schaad?
– Nein.
– Was geschah denn weiter?
– Ich saß wieder hier . . .

Einundsechzig Zeugen und Zeuginnen hat der Gerichtsweibel in den Saal geführt und ihnen gezeigt, wo sie Platz nehmen mögen; einige habe ich nur flüchtig gekannt.

– Herr Direktor, Sie sind der Vater des Opfers . . .

Es gibt Zeugen, die nur die Oberrichter anblicken, dann den Staatsanwalt oder den Verteidiger, nie den Angeklagten, obschon es einmal zu verwandtschaftlicher Beziehung gekommen ist.

– Wann haben Sie Ihre Tochter zuletzt gesehen und gesprochen?
– Als Rosalinde noch verheiratet war.
– Sie sind also nie in ihrer letzten Wohnung gewesen?

- Nie.
- Wußten Sie, wovon Ihre Tochter lebte?
- Sie meinen: nach der Ehescheidung?
- Oder hatten Sie gar keine Ahnung?
- Man weiß, was ein Arzt etwa verdient, und ich habe angenommen, daß für Rosalinde gesorgt sei. Standesgemäß, meine ich.
- So daß sie zeitlebens selber nichts verdienen müßte . . .
- Das meine ich: standesgemäß.
- Eine andere Frage, Herr Zogg:
- Ein Brief, den der Angeklagte damals meiner Frau geschrieben hat, um seine Ehescheidung mitzuteilen, leider habe ich diesen Brief nicht mehr, das tönte durchaus beruhigend.
- Inwiefern?
- Er und Rosalinde wollen Freunde bleiben und so.

Die nächste Zeugin ist ein Kind:

- Du heißest also Vreneli?
- Ja.
- Kennst du den Herrn Schaad, der hier sitzt?

— Nein . . .
— Du hast ihn gar nie gesehen?
— Ja.
— Du mußt uns nur sagen, was du weißt,
Vreneli . . .

Das Kind nickt.

— Du weißt, daß Madame Rosalinde dann
gestorben ist, aber du hast sie noch am
Fenster gesehen. So hast du gesagt. Erin-
nerst du dich, wann das gewesen ist? Ich
meine: zu welcher Tageszeit. Ist es draußen noch ganz hell gewesen?
— Ja.
— Und sie hat auch wieder gewinkt, wie
immer?

Das Kind schweigt.

— Das weißt du nicht mehr . . .

Das Kind nickt.

— Sie ist ans Fenster gekommen?
— Ja.
— Was hat sie da denn gemacht?

– Das weiß ich nicht.
– Ist das Fenster offen gewesen?
– Ja.
– Hat sie das Fenster geschlossen?
– Ja.
– Und dann hat sie die Vorhänge gezogen?

Der Verteidiger macht sich Notizen.

– Vreneli, kannst du dich erinnern, wie Madame Rosalinde angekleidet gewesen ist, bevor sie die Vorhänge zugezogen hat? Hat sie ihren weißen Morgenrock getragen oder ihren ledernen Straßenmantel?

Das Kind schweigt.

– Das weißt du nicht mehr . . .

Das Kind zuckt die Achsel.

– Hast du gesehen, ob sonst noch jemand in ihrer Wohnung gewesen ist. Vielleicht ein Herr? Ein junger Herr, ein alter Herr? Jemand wie Herr Schaad . . .

Das Kind zuckt die Achsel.

– Hast du Schreie gehört?

Das Kind schweigt.

– Das weißt du nicht mehr . . .
– Nein.
– Das ist auch lange her.

Ob man hierzulande eine amtliche Bewilligung braucht, um einen Revolver zu kaufen, weiß ich nicht. Der Laden ist sonntags geschlossen. Eines der Jagdgewehre, die in dem kleinen Schaufenster hängen, täte es auch. Der Ladenbesitzer, da er sonntags nicht in seinem Laden ist, käme als Zeuge nicht in Frage. Ich glaube nicht, daß sonst jemand mich gesehen hat vor dem Schaufenster.

– Das war heute Morgen?
– Ja.
– Und kein Mensch in den Straßen?
– Es war ziemlich früh.
– Wann ungefähr?
– Zwischen sieben und acht.
– Was machen Sie denn um diese Zeit in der Stadt, Herr Doktor Schaad, Sonntagmor-

gen zwischen sieben und acht, wenn Zürich noch schläft?
– Spazieren . . .

Manchmal hilft Alkohol . . . Ich gehe im Zimmer auf und ab, das Glas in der rechten Hand, und nehme die Gelegenheit wahr, die nur der Alkohol bietet: ich halte ein anderes Schlußwort.

– Ich bin nicht unschuldig . . .
– Die Wahrheit und nichts als eure Wahrheit . . .
– Je kürzer um so besser! sagt mein Verteidiger . . .
– Ich bitte um das Lichtbild von der nackten Leiche . . .
– Danken möchte ich vor allem dem Gerichtsweibel . . .
– Hat jemand von Ihnen diese Frau gekannt?
– Ich habe sie nicht gekannt . . .
– Ich beneide die Geschworenen nicht, offen gestanden, ich teile ihre ernste Teilnahmslosigkeit vor diesem Lichtbild . . .
– Je kürzer um so besser!
– Seit meinem vierzehnten Lebensjahr habe

ich nicht das Gefühl, unschuldig zu sein, das ist richtig, obschon ich anderseits nicht sagen kann, wo ich mich an jenem Samstagnachmittag aufgehalten habe ...

— Das geht aus dem Lichtbild nicht hervor ...

— Ich kann reden, solange ich will ...

— Wir brauchen jetzt das Lichtbild nicht mehr ...

— Ich komme zur Sache ...

— Was Sie in meiner Biographie alles herausgefunden haben, Herr Staatsanwalt, alle Achtung, das muß ich sagen, Sie haben gearbeitet ...

— Danken möchte ich auch der Presse ...

— Was das Motiv betrifft ...

— Ich danke ferner dem gerichtsmedizinischen Dienst für den schwarzen Streifen, der auf dem Lichtbild, das Sie mehrmals gesehen haben, die Vagina der Leiche abdeckt, vorstellen kann sich das jeder Halbwüchsige ...

— Was ist Schuld?

— Nur bin ich nicht der Täter ...

— Oder habe ich das schon gesagt?

— Die Indizien, die die Staatsanwaltschaft versammelt hat, sind nicht von der Hand zu weisen, das gebe ich zu, sie haben mich erschüttert, offen gestanden, und ich danke meinem Verteidiger, daß er sich nicht hat erschüttern lassen . . .

- Leider bin ich im Augenblick ziemlich betrunken . . .
- Die Zeugen haben die Wahrheit zu sagen und nichts als die Wahrheit . . .
- Ich bitte nochmals um das Lichtbild . . .
- Danke!
- Ich brauche das Lichtbild nicht mehr . . .
- Ich habe Glück gehabt . . .
- Hören Sie mir überhaupt zu?
- Zuchthaus zehn Jahre . . .
- Und nichts als die Wahrheit . . .
- Ferner danke ich dem Herrn Präsidenten für seine Geduld mit meinen Gattinnen . . .

Sowie ich nüchtern bin, spätestens am nächsten Morgen, wenn ich in der Praxis sitze, die Hände hinter meinem Nacken gefaltet und die Füße auf dem Schreibtisch, geht es weiter:

- Sie waren nicht mehr auf Vermutungen angewiesen, Sie wußten von ihrem Gewerbe, so sagen Sie, und fühlten sich wohl in ihrer Wohnung, Sie waren Freunde . . .

– Ja.

– Und worüber redete man denn?

– Über Gott und die Welt.

– Redete Rosalinde Z. mit Ihnen auch von ihrem Beruf?

– Nie.

– Sie berieten sie aber in Steuerfragen.

– Sie war ja so hilflos. Wie alle meine Gattinnen. Und das ist meine Schuld, ich weiß. In der Ehe bin immer ich es gewesen, der solche Sachen erledigt hat, wenn möglich insgeheim, und nach der Ehe sind sie ratlos.

– Sie kannten also ihr Einkommen?

– Nicht genau, nein, ich sagte ihr nur, welche Ausgaben sie von ihrem Einkommen abziehen könne, und das wären, wie ich aus der Ehe wußte, nennenswerte Beträge: ihre Garderobe, ihren Wagen, den Coiffeur usw., auch die Theaterkarten, so meinte ich, und warum nicht die Bücher, so meinte ich, die Schallplatten usw., manche Kunden erwarteten nicht bloß Getränke, sondern auch ein Ambiente von Bildung. Sie war kein Straßenmäd-

chen. Offenbar kamen auch Leute, die gar
nichts von ihrem Gewerbe wußten, also
nichts zu bezahlen hatten, aber die das
Ambiente schufen und sich dafür bewir-
ten ließen wie zur Zeit unserer Ehe.

– Eine letzte Frage, Herr Schaad:
– Wir waren Freunde.
– Wie ist das gekommen, Herr Doktor? Ich
meine: was hat Sie denn endlich von Ihrer
krankhaften Eifersucht befreit?
– Video.
– Das verstehe ich nicht . . .
– Sie wissen nicht, was Video ist?
– Natürlich weiß ich das . . .
– Das geschah nicht hinterrücks, das war
ihre Idee, daß ich einmal im Nebenzim-
mer sitze – ohne zu rauchen! – und daß ich
auf dem Schirm sehe, wie sie es mit andern Männern macht, und zwar in diesem
Augenblick, wenn ich es sehe. Zuerst
hatte ich auch Hemmungen, aber Rosalinde wünschte es. Um mich frei zu machen. Es war eine wichtige Erfahrung.
Ich habe damals drei Kunden gesehen, es
war natürlich jedes Mal verschieden, aber
so verschieden auch wieder nicht.
– Warum war das eine wichtige Erfahrung?

— Obschon der Bildschirm ziemlich klein ist, das war deutlich zu sehen: in der Regel bedeutet ihr der Geschlechtsverkehr fast nichts. Im besten Fall, so sagte sie, sei der Coitus lustig für sie. Auch wenn es dem betreffenden Mann gelingt, sie in Ekstase zu versetzen, das hatte für sie noch nichts mit persönlicher Sympathie zu tun, ich weiß nicht, ob der zweite Herr das gemerkt hat. Er wußte nicht, daß schon jemand da gewesen ist, und erbte sie in einer gewissen Erregtheit, die ihm schmeichelte. Er nahm es persönlich … Später gingen wir zusammen in die Kronenhalle, wir haben über anderes geredet, und ich fühlte mich dabei nicht belogen. Eigentlich hätte ich es schon lange wissen können. Schon zur Zeit unserer Ehe. Das Bett war für Rosalinde kein sehr persönlicher Bezirk.

Während ich in der Praxis sitze, die Hände hinter dem Kopf gefaltet, Blick zum Fenster hinaus (Hinterhof mit fünf Birken und Kinderspielplatz) oder Blick auf den grünen Spannteppich, befindet sich an der Haustüre draußen noch immer das Messingschild:

Die Jugoslawin getraut sich kaum noch anzu-
klopfen, wenn sie nicht weiß, was sie arbeiten
soll. Wahrscheinlich liest sie und lernt
Deutsch. Wenn meine Arme sich verkrampfen,
nehme ich die Hände von meinem Nacken und
schneide mir die Fingernägel.

– Hat sonst noch jemand eine Frage?

Was eine Staatsanwaltschaft alles findet:

– »Gestern auf dem Fußballplatz, ich muß
gestehen, daß ich nur noch an Dich gedacht habe, zwei Mannschaften als Deine
Bettgenossen, elf im weißen Trikot und
elf im roten Trikot, dazu der Schiedsrich-
ter mit Glatze und die zwei Linienrichter,
das sind genau fünfundzwanzig Mann.
Wie Du gesagt hast. Ich wurde die Vorstellung nicht mehr los. Schließlich bist
du einunddreißig. Wie viele Männer denn
schon mit dir geschlafen haben, das hätte
ich nicht fragen dürfen, und Du hast so

79

aufrichtig geantwortet. Verzeih mir die Frage! Dabei habe ich auf dem Fußballplatz berücksichtigt, was Du mir auch gesagt hast, nämlich daß Du zwei davon lieber streichen möchtest, und so habe ich die zwei Linienrichter einfach nicht mehr beachtet, der Rest war genug, Du mit zwei vollen Mannschaften, dazu die Ersatzleute auf der Bank, und einer, der sich am Rand des Spielfeldes warm läuft, es war zum Verrücktwerden, und am Abend sehe ich Dich unter der Dusche –«

Drei Monate nach dem Freispruch (inzwischen habe ich die Praxis verkauft) versucht der Staatsanwalt es noch immer:

– Immerhin zeigen uns solche Briefe, ob abgeschickt oder nicht, eine krankhafte Eifersucht und Neigung zum Verfolgungswahn, der eine Kurzschlußhandlung keineswegs ausschließt, eine Kurzschlußhandlung, die der Täter natürlich aus seinem Bewußtsein sofort verdrängt, zum Beispiel, indem er sich erinnert, wie er Möven gefüttert habe oder Schwäne . . .

Zürich ist keine Großstadt, es ist unvermeidlich, daß man früher oder später, wenn man auf die Straße geht, irgend jemand sieht, der als Zeuge ausgesagt hat:

— Ich nehme an, Herr Stocker, Sie haben jeweils angerufen und eine Zeit vereinbart, so daß Rosalinde Z., wenn es klingelte, in der Regel gewußt hat, wer vor ihrer Türe steht.
— Selbstverständlich.
— Haben Sie je erlebt, daß die Türe zu ihrer Wohnung überhaupt nicht abgeschlossen war, so daß jemand einfach auf die Klinke drücken und eintreten konnte?
— Nein.
— Das haben Sie nie erlebt . . .
— Nie.
— Haben Sie denn je, ohne zu klingeln, einfach auf die Klinke gedrückt?
— Das ist nicht meine Art.
— Ich nehme an, Herr Stocker, daß Sie bei solchen Besuchen gelegentlich auch das Badezimmer benutzt haben, und wenn ja: haben Sie jemals eine Krawatte gesehen, die Krawatte von einem anderen Besucher?

– Ja, aber nicht im Bad.
– Wo denn?
– In der Diele.
– Wissen Sie, welche Farbe diese Krawatte hatte?
– Natürlich habe ich gewußt, daß ich hier nicht der einzige Besucher bin, und diese Krawatte ging mich infolgedessen nichts an. Aber bemerkt habe ich sie schon, das gebe ich zu. Das war im Dezember. Ich machte sogar eine Bemerkung, glaube ich, einen kleinen Spaß, und das nächste Mal hing die Krawatte nicht mehr in der Garderobe.
– Wo war sie denn?
– Das weiß ich nicht.
– Wußten Sie, wessen Krawatte es war?
– Das fragt man nicht, Herr Staatsanwalt . . .

Wenn man jemand, den man nur aus dem Gerichtssaal kennt, eines Tages auf der Straße sieht, wer soll zuerst nicken, der Freigesprochene oder der Zeuge?

– Wann haben Sie die Rosalinde Z. zuletzt besucht?

– Im Januar.
– Laut Agenda der Rosalinde Z. ist es der sechste Februar gewesen, und das würde auch übereinstimmen mit dem Datum auf Ihrem letzten Euroscheck, Herr Stocker.
– Ich habe meinen Kalender nicht bei mir.
– Eine andere Frage, Herr Stocker:
– Was den Scheck betrifft, ich glaube, Sie machen sich da eine falsche Vorstellung. Rosalinde ist keine Dirne gewesen, kein Straßenmädchen, wie Sie sich das offenbar vorstellen, Herr Staatsanwalt.
– Was war sie denn?
– Manchmal haben wir nur geredet.
– Und dafür gaben Sie dann einen solchen Scheck . . .
– Ich fragte mich natürlich, wie Rosalinde das je bezahlen kann, die gediegene Wohnung und überhaupt, Räucherlachs und Champagner, man weiß, was das kostet, und all die Bücher, die auf ihrem Bett lagen, und überhaupt.
– Was waren das denn für Bücher?
– Ich bin nicht sehr intellektuell.
– Sie fanden Rosalinde intellektuell?
  Das würde ich schon sagen.

– Was die Bücher betrifft, Herr Stocker, die
auf dem Bett lagen: hatten Sie den Eindruck, daß Rosalinde Z. solche Bücher
gelesen hat, oder gehörten diese Bücher
einfach zum Ambiente?

– Ich verstehe die Frage nicht . . .

– Warum lagen die Bücher auf dem Bett?

– Das habe ich mich auch gefragt.

– Herr Stocker, und worüber haben Sie geredet?

– Über Leute und so.

– Zum Beispiel über Herrn Doktor Felix
Schaad?

– Nein.

– Kein Wort?

– Ich wußte, daß es einen Herrn Doktor
Schaad gibt.

Es gibt auch unergiebige Zeugen:

– Hat denn Rosalinde Z. sich als Ungarin
ausgegeben oder haben Sie das einfach
angenommen, Herr Spitzer, weil Sie der
Tochter eines Wallisers und einer Appen-
zellerin so viel Charme nicht zugetraut
hätten?

– Ich habe da keine Vorurteile.

- Haben Sie wirkliche Ungarinnen ge-
  kannt?
- Kaum.
- Eine andere Frage, Herr Spitzer: Ist Ih-
  nen, wenn Sie das Badezimmer benutzt
  haben, nie eine Krawatte aufgefallen, die
  Krawatte eines andern Herrn?
- Nein.
- Auch nicht in der Diele?
- Nein.
- Haben Sie von Herrn Doktor Schaad ge-
  wußt?
- Ich dachte, der heiße Zogg.

Es bleibt nichts als Billard. Natürlich habe ich
es auch mit Kino versucht, aber ich bleibe
selten bis zum Schluß, ich vertrage keine Szenen mit Gewalttätigkeit

- Auch Sie würden also sagen, daß der Angeklagte ein Mensch ist, der keiner Fliege
  auch nur ein Bein krümmen könnte?

Dreizehn Wochen nach meinem Freispruch
stört es mich kaum noch, wenn ich sehe, wie
der Staatsanwalt lässig seine Hand hebt, um
anzuzeigen, daß er eine weitere Frage an den

Zeugen hat: – er hat zu warten, bis ich meine Kugel gestoßen habe, und wenn es ein Treffer geworden ist, hat er zu warten, bis ich um den Tisch gegangen bin und nach einem gelassenen Betrachten der Lage (leider ist es wiederum nur mit einem Rückroller zu machen) nochmals meine Kugel gestoßen habe:

– Sie haben also Ihre Schwester, als sie mit Felix Schaad verheiratet war, oft mit verweinten Augen gesehen?
– Ja.
– Ist es richtig, Herr Zogg, wenn man sagt, daß Rosalinde ein sanfter und duldsamer Mensch gewesen ist, eine Art von Frau, die sich von einem Mann, wenn sie ihn liebt, sozusagen alles gefallen läßt?
– Sie konnte duldsam sein . . .
– Wenn Sie ihre verweinten Augen gesehen haben, Herr Zogg, ist Ihnen da nie der Verdacht gekommen, daß Rosalinde, Ihre Schwester, von dem Angeklagten körperlich oder seelisch mißhandelt worden ist?

Der Zeuge überlegt.

– Hat denn Rosalinde nie erzählt, daß Herr

Doktor Schaad in einem krankhaften Grad eifersüchtig ist, daß er es kaum verkraftet, wenn sie mit jemand tanzt, und daß er Szenen macht, wenn er einen Abend lang nicht weiß, wo sie sich aufhält?
– Meine Schwester war halt sehr verschwiegen.

Man sollte keine Notizen hinterlassen – eines Tages ist man verhaftet unter falschem Verdacht und der Staatsanwalt liest vor:

– »Sie ist eine Qualle, eine Qualle, auch wenn sie einmal nicht lügt, und eine Qualle kann man nicht erwürgen.«

Entlastungszeugen haben es nicht leicht:

– Herr Schaad hat mir das Leben gerettet.
– Wie denn?
– Nicht als Arzt . . . Ich sah, wie er Schwäne fütterte, und ich quatschte ihn an, ohne den Herrn zu kennen. Ich war ja damals noch Lehrling. Es war Samstag, das weiß ich, denn nachher hatten wir die Vollversammlung.
– Hat es geregnet?

– Nein.
– Oder geschneit?
– Nein.
– Dann war es nicht der achte Februar.
– Das habe ich ja nicht behauptet . . .
– Sie wissen, Herr Rossi, daß falsches Zeugnis mit Gefängnis bestraft wird, in schweren Fällen mit Zuchthaus bis zu fünf Jahren, und das wäre ein schwerer Fall, Herr Rossi: Hier geht es um ein Alibi des Angeklagten.
– Ich sage ja bloß die Wahrheit.
– Wie hat Herr Schaad denn Ihr Leben gerettet?
– Ich kann nur sagen, darauf war ich nicht gefaßt, als ich den fremden Herrn anquatschte. Wann gibt es das schon mit Erwachsenen! Er war der erste, der nicht alles besser weiß.
– Hat Herr Schaad sich Ihnen vorgestellt?
– Er hat zugehört.
– So hat er Ihnen das Leben gerettet . . .
– Ja.
– Indem er die Schwäne fütterte . . .
– Sozusagen.
– Herr Rossi, es geht um eine ernste Sache.
– Das merkte der Herr, plötzlich fragte er,

wie ich mir denn das Leben nehmen wolle.
Und dabei hatte ich gar nicht von mir ge-
redet. Eigentlich blödelte ich nur. Warum
ich mir damals das Leben habe nehmen
wollen, das kann ich heute auch nicht
mehr sagen. Herr Schaad war ganz sach-
lich. Ohne Moral. Einfach so technisch.
– Betreffend Selbstmord?
– Ja.
– Was sagte er Ihnen denn?
– Wenn ich das noch wüßte . . .
– Und das, Herr Rossi, das also war das
Gespräch am See, das Ihnen, wie Sie mei-
nen, als Lehrling das Leben gerettet hat?
– Das weiß Herr Schaad vielleicht gar nicht.

Manchmal erfährt auch der Angeklagte etwas
Neues.

– Sie sind Grafiker?
– Designer.
– Sie haben den Angeklagten also gekannt?
– Ich kenne ihn noch.
– Sie sind Freunde gewesen, als Rosalinde,
Ihre damalige Gattin, ein heimliches Ver-
hältnis hatte mit Herrn Doktor Schaad in
Zürich.

– Ja.

– Sie sind Freunde gewesen . . .

– Wir sind zusammen gewandert.

– Stimmt es, Herr Schwander, daß Sie auf einer Wanderung, als der Angeklagte offen mit Ihnen zu sprechen versuchte, einfach nicht hören wollten, was Ihre Ehe betrifft? Das war auf dem Albis bei Zürich, so behauptet Herr Schaad, und drei Stunden lang saßen Sie damals in einem Gasthaus, aber Sie wollten einfach nichts hören, Herr Schwander, von seiner Geschichte mit Rosalinde. Stimmt das?

– Ich erinnere mich . . .

– Warum wollten Sie's nicht hören?

– Ich wußte von einer anderen Affaire, die Rosalinde damals hatte, und ich hatte den Eindruck, daß Felix nichts davon wußte, und ich wollte nicht über meine Ehe reden, das stimmt.

Der Staatsanwalt hat noch eine Notiz gefunden, betreffend meine Krankhaftigkeiten:

– »Zum Beispiel schaue ich zu, wie sie Spargeln schält, wir reden über irgend etwas, plötzlich zähle ich die geschälten und stei-

fen Spargeln auf dem Küchentisch, vierundzwanzig, ich sage natürlich nichts,
aber ich denke: es fehlt Einer!«

Wie viele Kassetten hat die Saaldecke im
Schwurgericht? Ich schätze sechsunddreißig.
Der Gerichtssaal ist länglich. Das würde heißen: vier zu neun? Wenn ich nochmals schätzen darf: es sind fünfundvierzig Kassetten
gewesen. Quadrate oder Rhomben? Ich ent-
schließe mich zu der Behauptung: Quadrate.
Und die Balken sind irgendwie bemalt, das
weiß ich, die Felder hingegen geweißelt. Oder
umgekehrt? In der Mitte hängt ein stattlicher
Leuchter. Ich weiß: wenn draußen die Sonne
scheint, beachtet man ihn kaum; nur bei regne-
rischem Wetter braucht man sein stattliches
Licht. Wie viele Arme hat dieser Leuchter?
Ich würde behaupten: sie sind aus Messing. Ich
gebe zu: Ich weiß es nicht! Obschon ich min
destens hundert Stunden dort gesessen bin mit
verschränkten Armen, Blick zur Decke, wenn
Gattinnen über ihre Ehe ausgesagt haben.

— Sie sind Frau Professor Jetzer?
— Ich bin nicht Professor.
— Also Frau Jetzer . . .

– Bitte.
– Vorname:
– Helene Mathilde.
– Ihr Mädchenname ist Knuchel?
– Ich bin Hausfrau.
– Sie sind die erste Gattin des Angeklagten gewesen, Frau Jetzer, und das ist lange her, Sie brauchen natürlich keine Angaben zu machen, wenn Sie sich nicht mehr erinnern können . . .

Es ist günstig für den Angeklagten, wenn man ihm ansieht, daß er gerührt ist, und wenn er einmal nicht mit verschränkten Armen dasitzt, sondern mit Wohlgefallen und mit Einverständnis, bevor die Zeugin antwortet.

– Sie haben die Frage verstanden, Frau Jetzer?
– Wir waren beide sehr jung.
– Felix Schaad hat Sie nie geschlagen oder tätlich bedroht, er hat den Kehricht hinuntergetragen, wenn er zur Arbeit gegangen ist, und am Sonntag hat er das Geschirr gespült und so weiter . . . Frau Jetzer, woran erinnern Sie sich sonst?
– Wir hatten wenig Geld.

- Ich frage nach besonderen Vorkommnissen.
- Felix war Assistent.
- Sie hatten also wenig Geld . . .
- Sehr wenig.
- Und woran erinnern Sie sich sonst?
- Wir sind viel gewandert.
- Hatten Sie, Frau Jetzer, nie den Eindruck, daß Felix Schaad einen krankhaften Hang zur Eifersucht hat, auch wenn er sich in der Regel beherrscht? – ich meine: auch wenn er keinen Grund zur Eifersucht hat.
- Er hatte keinen Grund dazu.
- Sie sind viel gewandert . . .
- Im Sommer mit Zelt.
- Sie liebten beide die Natur . . .
- Im Winter haben wir Langlauf gemacht.
- Wieso kam es denn zur Scheidung?
- Wir waren beide enttäuscht, glaube ich.
- Und wieso?
- Auch für mich war es die erste Ehe.
- Sie haben sich später wieder verheiratet, Frau Jetzer, Sie sind Mutter von drei Töchtern, offenkundig liegt es nicht an Ihnen, wenn eine Ehe unhaltbar ist.
- Inzwischen bin ich auch reifer geworden . . .

Man überschätzt das Gedächtnis der Leute, die täglich die Boulevard-Presse lesen. Ich kann ohne weiteres an einen Kiosk gehen, wo vor wenigen Wochen noch mein Portrait hing: SCHAAD OHNE ALIBI / RITTER BLAUBART VOR GERICHT / DOKTOR MIT SIEBEN EHEN. Dabei trage ich denselben Anzug wie vor Gericht. Sogar wenn ich eine neue Brille kaufe, so daß der Optiker, nachdem er meinen Namen eigenhändig notiert hat, dem Kunden in die Augen schauen muß, um den Abstand der Pupillen zu messen, fühle ich mich nicht erkannt.

– Was, Herr Schaad, bedeutet Ihnen das Kreuz?

Auch über Träume wird man verhört:

– Und wie groß war denn dieses Kreuz?
– Klein. Ungefähr wie ein Pannenzeichen. Deswegen wollte ich es ja auf die Straße stellen. Als Pannenzeichen. Plötzlich war es zu groß, beinahe so groß wie ich. Wie ein Grabkreuz groß.
– Und woher hatten Sie dieses Kreuz?
– Keine Ahnung.
– Wenn es klein war wie ein Pannenzeichen,

94

Herr Schaad, könnte es sein, daß Sie es im Kofferraum gefunden haben, als Sie das wirkliche Pannenzeichen suchten?

– Das könnte sein . . .

– Und wie kam es in den Kofferraum?

– Keine Ahnung . . .

– Sie haben also, wie Sie sagen, das Pannenzeichen auf die Straße stellen wollen, und als die Fußgänger bemerkten, daß es ein Grabkreuz ist aus Eisen und mit Verzierungen, sind sie stehengeblieben.

– Plötzlich waren es eine ganze Menge.

– Können Sie dieses Kreuz genauer beschreiben?

– Es war ziemlich schwer.

– Können Sie weitere Angaben machen?

– Es war rostig, glaube ich.

– Sie wollten es in den Asphalt stecken?

– Ja.

– Als Pannenzeichen?

– So meine ich.

– Haben die Zuschauer sich dazu geäußert?

– Ich hörte nichts. Nein. Übrigens war ich gefaßt darauf, daß ich verhaftet werde.

– Warum?

– Weil das Kreuz nicht mir gehört.

– Das war Ihnen bewußt, Herr Schaad?

— Einer fragte, woher ich es denn habe, dieses Kreuz, aber das war kein Polizist. Eher ein Kenner. Er zeigte Interesse wie ein Antiquitäten-Händler, ohne nach dem Preis zu fragen.

— Und dann?

— Ich schämte mich.

— Wissen Sie, warum Sie sich schämten?

— Weil es einfach nicht ging, und ich versuchte es wieder und wieder, das Kreuz in den Asphalt zu rammen, alle konnten es sehen, aber es ging einfach nicht . . .

— Daran sind Sie erwacht?

— Ich war völlig verschwitzt . . . Ich weiß nur, plötzlich war es eine Maffia, oder es kam mir so vor, ich war gar nicht überrascht: als ich das Kreuz wieder in meinen Kofferraum legen will, ist mein Wagen gestohlen. Vor den Augen der Zeugen! Aber die wissen von gar nichts, oder sie sind nicht mehr da . . .

Verreisen hilft gar nichts, Japan zum Beispiel, wo niemand die Anklage kennt und niemand die Zeugen gehört hat; dann sitze ich, die Hände um das linke oder rechte Knie gespannt, auf einer Bank in den Kaiserlichen

Gärten zu Kyoto und höre die Expertise des Psychiaters:

– Ein paranoides Element ist ohne Zweifel vorhanden, wie nicht selten bei Alkoholikern. Es äußert sich, wie wir gesehen haben, vor allem in Briefen, die oft nicht abgeschickt worden sind, was anderseits zeigt, daß der Angeklagte sich in der Regel schon nach wenigen Stunden bewußt wird, wie sehr er sich von Mutmaßungen hat verleiten lassen. Seine gestaute Emotionalität habe ich eingangs schon dargelegt. Ich fasse zusammen: eine verminderte Zurechnungsfähigkeit liegt bei dem Angeklagten nicht vor . . .

Steingärten usw., die Perlenfischerinnen in Sowicso, das kennt man, auch wenn man nie in Japan gewesen ist. Das reicht nicht für ein Alibi. Auch wenn ich berichte, wie die japanische Masseuse auf meiner Wirbelsäule spaziert mit ihren kleinen Fersen, das beweist nicht, daß ich heute in Japan bin; auch das kann man irgendwo gelesen haben.

– Was die japanischen Steingärten betrifft,

die Sie an diesem Sonntag besucht haben
wollen, Herr Doktor Schaad, und die
kleinen Perlenfischerinnen von Mikimoto
– so heißt der Ort –, das kennen Sie aus
einem dieser Magazine, die in Ihrem Wartezimmer liegen, Herr Doktor Schaad,
das wissen Sie?

Auch ein Zwischenhalt in Hongkong hilft wenig. Zwei Nächte in einem chinesischen Bor-
dell. Schon während der Rundfahrt im Hafen
erinnere ich mich wieder an die Fragen der
Geschworenen:

–   Auch ich habe die Briefe, die dem Gericht
    zur Verfügung stehen, vollständig gele-
    sen und möchte Herrn Doktor Schaad
    fragen, ob denn eine Frau nicht das Recht
    hat, Liebesbriefe zu verbrennen?
–   Gewiß, ja . . .
–   Warum haben Sie denn Kopien hinterlas-
    sen?

–   Sie sind sechs Mal geschieden, Herr Dok-
    tor Schaad, und warum werden denn Ihre
    Ehen immer kürzer?
–   Das Leben wird kürzer.

– Haben Sie nicht den Eindruck, daß es an Ihnen liegt, Herr Doktor Schaad, und warum heiraten Sie denn immer wieder?

– Ich möchte den Angeklagten fragen, ob er der Meinung ist, daß er je eine Frau verstanden hat. Denn das scheint mir nämlich nicht der Fall zu sein, Herr Doktor, denn immer rätseln Sie an den Frauen herum, und wenn eine Frau sich nicht an Ihre männliche Deutung hält, was dann?

– Was die Blumen betrifft, die bei der Leiche gefunden worden sind, die Bluttat ist ja im Februar geschehen, und es können also nur Lilien aus dem Gewächshaus sein, das ist klar, was die Lilien betrifft, wir haben sie ja im Lichtbild gesehen, und so möchte ich, als Gärtner, nur noch die Frage stellen: Ist es dem Gericht bekannt, wie lang Lilien aus dem Gewächshaus sich halten? Als Fachmann meine ich, daß nur der Täter selbst diese Lilien gebracht haben kann, sonst wären sie auf dem Lichtbild, das wir eben gesehen haben, nicht mehr so frisch . . . Das ist keine Frage, nur eine Feststellung.

Unvergeßlich bleibt auch ein Freund:

— Sie haben also mit dem Angeklagten
hauptsächlich über Astronomie geredet,
das haben wir gehört, Herr Neuenburger,
und daß Sie gerne einen alten Bordeaux
mit ihm trinken, obschon der Ange-
klagte, wie Sie versichern, von Astrono-
mie überhaupt nichts versteht, das sagten
Sie uns schon.
— Er kann halt nicht denken.
— Herr Neuenburger . . .
— Sonst ist er ein flotter Kerl.
— Haben Sie die Rosalinde Z. gekannt?
— Ich kenne keinen Arzt, der denken kann.
Ich selber habe einen Arzt, der sich wun-
dert, daß ich noch lebe, und er ist mir
dafür dankbar. Ein Arzt, der niemand
umbringt, hat eben Glück . . .
— Um auf meine Frage zurückzukommen:
— Schaad hatte eben Pech.
— Wie hat er über Rosalinde gesprochen?
— Damals befaßte ich mich grad mit Ein-
stein . . .
— Sie wollen sagen: Schaad kam bei Ihnen
nicht zu Wort?
— Über Einstein zu reden, wenn der andere

keine Ahnung von Mathematik hat, ist
halt schwierig, aber zum Glück habe ich
zwei Hunde, und da muß man nur auf den
Schenkel klopfen, wenn man ein anderes
Thema braucht, und schon sind sie da,
Hundegeschichten sind immer lustig . . .
Schaad hat einfach keinen Humor . . . Ich
möchte auch nicht seine Frau sein . . .
Schauen Sie, ich bin vierundzwanzig
Jahre verheiratet, das ist eine Frage des
Humors, das kann einer nicht, wenn er
keinen Humor hat, meine Frau ist auch
beinahe eine Schauspielerin geworden . . .
— Wann haben Sie die Rosalinde zuletzt ge-
  sehen?
— Er hat mir doch jede Frau vorgestellt, die
  er heiratet, und geschworen, Gott möge
  ihn verfluchen, wenn er sie je betrüge.
— Was wollen Sie damit sagen?
  Das ist ja grotesk.

Der Zeuge kichert.

— Herr Neuenburger . . .
— Schaad tut mir leid.
— Sie haben die Rosalinde Z. als eine Kuh
  bezeichnet, anderseits haben Sie dieser

Frau einmal eine Zeichnung geschenkt und gewidmet . . .

– Dann meinte ich eben eine andere.

– Es geht aber um Rosalinde Z.

– Die Ehen meines Freundes haben mich nie interessiert, und ich glaube, das hat er geschätzt. Ich selber rede ja auch nicht über meine Ehe. In der Sexualität hört bei mir der Geist auf.

– Eine letzte Frage, Herr Neuenburger:

– Ein Arzt, der nicht weiß, daß die Revolution in der Biochemie stattfindet, das ist grotesk, dann mache ich lieber einen Spaziergang mit meinen zwei Hunden . . .

– Um nochmals von dem Angeklagten zu sprechen:

– Meine Hunde machen ihn immer nervös.

– Inwiefern ist Herr Schaad ein flotter Kerl?

– Schließlich sind wir seit dreißig Jahren befreundet, obschon wir einander nichts zu sagen haben. Aber ich trinke gerne meinen Wein mit ihm. Ich selber brauche keine Freunde. Ich denke ja selber.

– Sie haben über Einstein gesprochen . . .

– Ich befasse mich immer wieder mit Einstein, sein Denken hat eine Bedeutung, die bis heute noch gar nicht erkannt wor-

den ist. Philosophisch. Ich bin philosophisch, meine Frau ist eher musikalisch.

– Das ist nicht meine Frage.

– Was mich stört, sind seine Unwahrheiten,
dann kann man wirklich nur über Einstein reden, wenn Schaad von sich selber
erzählt, da stimmt ja überhaupt nichts . . .

– Können Sie dafür ein Beispiel geben?

– Ich will ja nichts Böses über ihn sagen.

– Erinnern Sie sich, wovon der Angeklagte, Ihr Freund, seinerseits gesprochen
hat, wenn er zu Wort gekommen ist?

– Das weiß ich nicht mehr . . .

– Als Zeuge, Herr Neuenburger, haben Sie
die Wahrheit zu sagen und nichts als die
Wahrheit, das wissen Sie, daß falsches
Zeugnis mit Gefängnis bestraft wird –

– Und dann ist Schaad ja so überempfind-
lich!

– Wenn er hört, was Sie hintenherum sagen . . .

– Dann ruft er ein Jahr lang nicht mehr an.

– Und Sie rufen an?

– Darauf wartet er, glaube ich . . . Und
dann ist Schaad schon wieder verheiratet,
ich habe nicht einmal gewußt, daß er sich
von dieser Rosemarie hat scheiden lassen!

Der Zeuge kichert in sich hinein.

– Eine letzte Frage, Herr Neuenburger . . .

Reisen enden mit Heimkehr.
(Zürich-Kloten)
Der Taxi-Fahrer, Ungar und freundlich, weiß,
wie er zu fahren hat, nämlich über den Kreuzplatz. Mein Zeuge dort, der Garagist, tankt
gerade.

– Sie hatten also den Eindruck, er sei be-
  trunken?
– Er wußte ja nicht einmal, daß er am Vor-
  mittag schon da gewesen ist und was ich
  ihm am Vormittag erklärt habe wegen der
  Kupplung.
– Sie kannten ihn schon als Kunden?
– Seit Jahren.
– Wann hat er Ihnen denn seinen Volvo
  gebracht?
– Vormittags, das weiß ich bestimmt, und
  wenn der Herr Doktor nicht ein alter
  Kunde wäre, ich hätte nicht versprochen,
  daß er heute noch aufs Land fahren kann.
  Samstags haben wir nur einen einzigen
  Mechaniker.

– Wann ist Herr Schaad wiedergekommen?

– Kurz nach Mittag.

– Kurz nach Mittag . . .

– Das habe ich ihm alles erklärt, seine
Kupplung tut's nicht mehr lang. Sie war
einfach abgeschliffen. Eine Kupplung
auswechseln, das braucht Zeit, wie man
weiß.

– Sein Wagen war also um Mittag nicht
fertig . . .

– Es tat mir leid.

– Also konnte er nicht aufs Land fahren . . .

– Der Herr Doktor war enttäuscht, aber das
war das Einzige, was ich an diesem Samstag versprechen konnte, und das hat der
Herr Doktor auch sofort verstanden, ich
sagte, ich werde versuchen, die Kupplung
nochmals anzuziehen.

– Wann ist Herr Schaad wiedergekommen?
Kurz vor sechs Uhr. Wie abgemacht.

– Und sein Wagen war in Ordnung?

– Sozusagen.

– Hat der Angeklagte, als er kurz vor sechs
Uhr zur Garage gekommen ist, immer
noch eine Krawatte getragen wie am Mittag?

– Sozusagen.

– Ja oder nein?

– Sie hing halt ziemlich schief, seine Krawatte, und ziemlich offen, wie das so ist, wenn einer zuviel getrunken hat, und deswegen habe ich ja den Wagen nicht herausgegeben, das hätte ihn mindestens den Führerschein gekostet. Man roch es ja. Was macht ein Arzt ohne Führerschein!

– Das ist nicht meine Frage, Herr Lüscher.

– Man roch es ja.

– Ich frage Sie: Hat der Angeklagte, als Sie ihn an jenem Samstag kurz vor sechs Uhr gesehen haben, eine Krawatte getragen oder nicht?

– Das sagte ich ja schon.

Die Kupplung tut es heute noch.

– Herr Schaad, warum schütteln Sie immer wieder den Kopf?

Heute noch warte ich darauf, daß mein amtlicher Verteidiger, drei Wochen lang bemüht um entlastende Aussagen von Ehegattinnen, einmal den neun Geschworenen unterbreitet, was auch zur Wahrheit gehört:

– Ich erinnere an seine vierjährige Tätigkeit im Gemeinderat, seine fachkundige Beratung beim Bau von Krankenhäusern, nicht zu vergessen sein persönlicher Einsatz bei der Unterbringung und Betreuung tschechoslowakischer Flüchtlinge, sein öffentlicher Kampf gegen die Verschmutzung unsrer Seen, ganz abgesehen von seiner täglichen Arbeit als praktizierender und beliebter Arzt, ferner erinnere ich an seinen selbstlosen Einsatz damals in Biafra, wo er drei Monate als Arzt gewirkt hat, sowie an seine zahlreichen Vorträge über Familienplanung, nicht zu vergessen seine Beschäftigung mit der Drogensucht unsrer Jugendlichen, sein seriöses Studium der Akupunktur und nicht zuletzt seine Erfolge mit dieser Akupunktur. Schließlich besteht ja eine Biographie nicht bloß aus Ehen! Nicht zuletzt erinnere ich an sein Interesse für Musik zum Beispiel . . .

Der Staatsanwalt hat noch eine Notiz gefunden:

– »Wenn die Erektionen öfter ausbleiben,

was zur Zeit der Fall ist, scheint jede Frau in Versuchung, auch alle andern Fähigkeiten dieses Mannes zu bezweifeln. Kein Tag ohne ein paar kleine Zurechtweisungen. In der Tat mache ich Fehler auf Fehler: in Gesellschaft, am Steuer, im Garten etc., hoffentlich nicht in der Klinik.«

Einmal hilft der geschworene Gärtner:

– Ich möchte den Angeklagten fragen, ich meine, was diese Angelegenheit betrifft, und um bei der Sache zu bleiben, diese Rosalinde Z. war doch keine unbefriedigte Frau, meine ich, zu der Zeit, als sie ermordet worden ist, und warum soll sie denn Herrn Doktor Schaad, der ihr die Steuersachen erledigte, durch Nörgelei zum Mörder gemacht haben, also das leuchtet mir nicht ein.

Manchmal bleibe ich in der Badewanne liegen, wenn das Wasser schon ausgelaufen ist, und es tropft nur noch der Hahn, ich liege mit geschlossenen Augen und höre:

– Wir hatten ja eine Spanierin, und manchmal hat Felix auch gekocht, wenn es ihm grad Spaß machte. Verstehen Sie das bitte nicht als Klage! Er wußte schon, daß ich nicht sein Dienstmädchen bin.

– Das wußte er . . .

– Felix war immer sehr großzügig.

– Aber Sie fühlten sich in ökonomischer Hinsicht abhängig von ihm . . .

– Das kann ich nicht leugnen.

Das könnte die blonde Andrea sein.

– Ich spiele auch Geige, zum Beispiel.

– Aber Sie kamen nicht dazu . . .

– Das ist auch mein Fehler, mag sein.

– Was ist Ihr Fehler, Frau Schaad?

– Ich stelle sehr hohe Ansprüche an mich.

– Und das hat Felix Schaad nicht verstanden?

– Ich bin oft bei Eranos-Tagungen gewesen.

– Was ist das?

– Eine Universität täte mir besser, meinte er, irgendein Studium mit Seminar und Examen, aber welches Studium wußte er ja auch nicht.

– Das verstehe ich . . .

– Aber deswegen bin ich noch lang keine
  Hausfrau.
– Das ist richtig.
– Ich heiratete Schaad, weil ich ihn liebte.
– Was haben Sie vorher gearbeitet?
– Ich mußte ja mein Leben verdienen.
– Sie waren Hilfslehrerin?
– Das stimmt.
– Und was arbeiten Sie heute?
– Ich glaube nicht mehr an unser Schul-
  wesen hierzulande.
– Und davon können Sie leben, Frau Dok-
  tor Schaad?

Ich seife mein Haar.

– Auch Sie, Frau Doktor Schaad, würden
  also sagen, daß der Angeklagte ein
  Mensch ist, der keiner Fliege auch nur ein
  Bein krümmen könnte.
– So würde ich es nicht sagen.
– Wie würden Sie es sagen?
– Wenn er außer sich ist, ich meine, wenn er
  den Verstand verliert, oder wie soll ich
  das sagen, er ist imstande und zerreißt sein
  Hemd, das habe ich mehr als einmal er-
  lebt, oder er nimmt irgendeinen Gegen-

stand und zerschmettert ihn vor meinen Augen.

– Was für einen Gegenstand?

– Was grade da ist . . .

– Zum Beispiel?

– Wenn er es nicht vor meinen Augen tun kann, ich glaube, dann kommt es nicht dazu. Zum Beispiel seine Brille, oder er zerbricht seine Pfeife, die allerbeste, vor meinen Augen, um mich zu strafen.

– Wofür?

– Das ist es ja, was ihn so aufregt: ich weiß nicht, wofür er mich strafen will. Ich sehe nur, wie er seine kostbaren Pfeifen zerbricht, eine nach der andern, weil ich seine Wut gegen mich nicht verstehe. Einmal warf er seine Uhr aus dem Fenster.

– Gegenstände also, die ihm gehören . . .

– Das meine ich, wenn ich sage: introvertiert.

– Er geht also nicht auf andere los?

– Das habe ich nie erlebt.

– Das haben Sie nie erlebt . . .

– Eher erwürgt er sich selber.

Das ist Gisel.
(Auch sie ist voller geworden.)

Ich seife mein Haar.

— Und wenn er getrunken hat, Frau Schaad,
    das haben also auch Sie erlebt, dann ist er
    im Zimmer auf und ab gegangen und hat
    geredet.
— Oh ja.
— Das haben auch Sie erlebt . . .
— Ich habe ihn reden lassen.
— Ohne zu widersprechen?
— Darauf wartete er ja.
— Und dann gingen Sie schlafen?
— Es war Mitternacht.
— Und was tat er?
— Er tat mir leid.

Das ist Corinne.
(Oder Andrea?)
Ich spüle mein Haar.

— Haben Sie gewußt, Frau Doktor, daß Felix
    Schaad, als er mit Ihnen verheiratet war,
    eine Art geheimes Tagebuch geführt hat?

    Die Zeugin schweigt.

— Das haben Sie nicht gewußt.

- Vermutet habe ich's.
- Wieso?
- Wenn wir Spannungen hatten, ich meine, wenn Felix tat, als halte er es nicht mehr aus, wie das vermutlich in jeder Ehe vorkommt, früher hatten wir einen Hund, und dann ist er mit dem Hund in den Wald gegangen, aber als unser Hund überfahren worden ist, wollten wir keinen Hund mehr, und da ist Felix, wenn wir Spannungen hatten, nicht mehr in den Wald gegangen, sondern in sein Studio, und da habe ich vermutet, daß er vielleicht ein Tagebuch führt, denn nach einer Stunde oder so wirkte er beruhigt. Das ist mir schon aufgefallen. Wenn er aus seinem Studio zurückkam, tat er, als gäbe es gar nichts mehr zu sagen.
- Weil er seine These notiert hat.
- Dann war er wie ein andrer Mensch.
- Und das hat Sie nicht verletzt, daß Ihr Mann, statt in der offnen Aussprache zu sagen, was er denkt, solche Heftchen vollgekritzelt hat?
- Vermutet habe ich es . . .
- Haben Sie nie ein solches Heftchen gelesen?

– Ich wußte, wo er sie versteckte.

– Und Sie waren nicht neugierig?

– Als er noch mit dem Hund gegangen ist, habe ich ja auch nicht gewußt, was er unserem Hund gesagt hat im Wald.

– Also Sie waren nicht neugierig . . .

– Manchmal fand ich solche Heftchen in seiner Rocktasche, aber ich fand es nicht so interessant, was Felix in seine Heftchen kritzelte, offen gestanden.

– Also haben Sie geschnüffelt?

– Nein.

– Woher, Frau Doktor, wissen Sie denn, was in diesen Heftchen steht? Es gibt übrigens Dutzende davon.

– Ich brauchte ja nur zu warten.

– Wie meinen Sie das?

– Wenn es wieder zu Spannungen kam, Felix konnte ja nicht verschweigen, was er sich das letzte Mal oder das vorletzte Mal dazu gedacht hat.

– Und das fanden Sie nicht interessant?

– Nein, offen gestanden . . .

Das ist Lilian.
(Mutter meines Sohnes)
Ich trockne mein Haar.

- Seit wann haben Sie einen Führerschein, Frau Doktor?
- Das müßte ich nachsehen.
- Ungefähr?
- Seit meiner Volljährigkeit, glaube ich.
- Haben Sie je einen Unfall verschuldet, Frau Doktor, nicht bloß Blechschaden, ich meine eine Art von Unfall, so daß Felix Schaad, wenn Sie allein am Steuer sitzen, Angst haben müßte um Sie?
- Ich fahre besser als er.
- Haben Sie eine Vollkasko?
- Eine Halbkasko, glaube ich.
- Sie halten sich also für eine zuverlässige Fahrerin. Zu Recht. Sie hatten ja nie einen wirklichen Unfall, Frau Schaad, vor der Verehelichung nicht und auch nicht als Frau Doktor Schaad, als Sie einen Morris fuhren.
- Es war ein Fiat.
- Später, ja, nach dem Morris.
- Ich fahre heute noch den Fiat.
- Erinnern Sie sich, Frau Doktor Schaad, an eine eheliche Auseinandersetzung in Mailand: der Angeklagte, Ihr damaliger Ehemann, wollte Sie allein nach Hause fahren lassen, um diese Auseinanderset-

zung abzubrechen, und seinerseits ein Flugzeug nehmen. Stimmt das? – worauf Sie gesagt haben sollen: DANN FAHRE ICH HALT GEGEN EINEN BAUM.

– In einer Ehe sagt man allerlei.
– Was hat Herr Schaad darauf gesagt?

Die Zeugin überlegt.

– Hat er Ihnen gesagt: DANN FAHRE HALT GEGEN EINEN BAUM! – oder hat er gesagt, das sei eine Erpressung?
– Das war gar nicht in Mailand.
– Wo war es, Frau Schaad?
– In Piacenza, glaube ich, das heißt, ich weiß genau, daß es in Piacenza gewesen ist, und er wollte ein Taxi nehmen nach Mailand, aber getan hat er's ja nicht, sondern wir sind zusammen über den Gotthard gefahren.
– Wer saß damals am Steuer?
– Ich.
– Was den Baum betrifft, so behauptet der Angeklagte, es gebe Sätze, von denen er wisse, daß er sie in seinem Leben nie gesagt haben könnte, zum Beispiel den Satz: DANN FAHRE HALT GEGEN EINEN

BAUM! – weswegen er sich offenbar aufgeregt hat, als Sie später seinen Freunden erzählten, Schaad habe zu Ihnen gesagt: DANN FAHRE HALT GEGEN EINEN BAUM! –

– Das waren meine Freunde.

– Stimmt es aber, Frau Schaad, daß Sie das erzählt haben und daß er Ihnen mit der Scheidung gedroht hat, falls Sie diese Behauptung nicht zurücknehmen, und zwar schriftlich?

– Das habe ich ja getan.

– Dann habe ich keine weiteren Fragen.

Das ist Andrea:

– Aber gesagt hat er's ja doch!

Es gibt kein gemeinsames Gedächtnis.

– Kann die Zeugin entlassen werden?

Ein Mal, ein einziges Mal in drei Wochen, hat der alte Bezirksrichter, der sich die Hand an sein linkes Ohr hält, wenn die Zeugen aussagen, auch eine Frage:

– Ist es Ihnen bekannt, Herr Doktor

Schaad, wie ein Wagen aussieht, ein FIAT
zum Beispiel, wenn er gegen einen Baum
gefahren ist?
– Nein.
– Natürlich kommt es auf das Tempo
an.
– Das denke ich.
– Sie haben also nie einen Wagen gesehen,
der mit einem erlaubten Tempo, achtzig
Stundenkilometer, gegen einen Baum gefahren ist?

Sie haben noch eine Gattin zu verhören.

– Sie sind also nicht geschieden, Frau Dok-
tor Schaad?
– Nein.
– Sie sind mit Felix Schaad verheira-
tet?
– Ja.
– Ist das richtig?

Wir lächeln einander zu.

– Als Sie vor einem Jahr geheiratet haben,
Frau Doktor, ich nehme an, Sie haben
von dem Vorleben des Angeklagten ge-

wußt, zum Beispiel von seinen sechs
Ehen, oder haben Sie das erst durch diesen Prozeß erfahren?

— Das meiste habe ich gewußt.

— Und das hat Sie nicht erschreckt?

— Ich habe auch ein Vorleben.

— Stimmt es, Frau Schaad, daß Sie den Angeklagten gelegentlich als Ritter Blaubart
angesprochen haben?

— Das ist ein Kosewort ...

— Finden Sie?

— Felix ist ritterlich.

— Und warum kommen Sie grad auf Blaubart?

— Weil er einmal gesagt hat, er habe schon
sechs Gattinnen im Keller, und weil ich
schließlich weiß, seine früheren Frauen
leben nicht schlecht.

— Ausgenommen Rosalinde Z.

Die Zeugin verstummt.

— Haben Sie diese Rosalinde Z. gekannt?

— Er hat von ihr erzählt.

— Was zum Beispiel?

— Was sie vom neuen Papst hält.

— Sie wußten also, daß Herr Doktor Schaad

dort seine regelmäßigen Besuche machte,
und das störte Sie gar nicht?

– Nein.

– Ist es richtig, Frau Schaad, daß Sie und
Herr Doktor Schaad einander selten sehen, daß Sie zusammen Reisen machen,
aber nicht miteinander wohnen?

– Das ist richtig.

– Das finden Sie richtig . . .

– Ich bin kein Backfisch, Herr Staatsanwalt,
ich bin sechsunddreißig und weiß schon
seit Jahren, daß ich nie wieder mit einem
Mann zusammenwohnen will.

– Und das hat Herr Schaad verstanden?

– Er ist ritterlich.

– Ich habe trotzdem noch eine Frage. Wenn
ich die Briefe richtig gelesen habe, Frau
Schaad, so sagten Sie von Anfang an,
daß Sie nicht darauf verzichten werden, dann und wann sich von einem andern Mann angezogen zu fühlen und so
weiter.

– Ich verstehe die Frage nicht . . .

– Wie stellte der Angeklagte sich dazu?

– Wenn sich zwischen uns etwas ändern
sollte, so kann mein Mann sich darauf
verlassen, daß ich es ihn wissen lasse.

– Und darauf verläßt sich Herr Doktor
  Schaad . . .
– Im Anfang weiß man es ja nicht und meistens stellt es sich als Irrtum heraus, schon
  nach zwei Wochen ist es gar nicht so span-
  nend mit einem andern Mann, und daß
  Felix jedesmal davon weiß, halte ich nicht
  für nötig.
– Und das weiß er . . .

Das ist Jutta.
(zur Zeit in Kenia)
Zeugen sind allemal glaubwürdiger als der Angeklagte, weswegen der Verteidiger sich lieber
an die Zeugin richtet:

– Sie nennen es also eine glückliche Ehe . . .

Ich habe in der Bibliothek nachgesehen: das
Märchen von dem Ritter, der seine sieben Gattinnen umbringt und als Leichen im Keller
versteckt, ist von einem Franzosen geschrieben, Charles Perrault, im siebzehnten Jahrhun-
dert.

– Hiermit erkläre ich die Verhandlungen als
  abgeschlossen. Das Gericht zieht sich zur

Beratung zurück. Die Urteilsverkündung
erfolgt Freitag um elf Uhr.

Zeitunglesen hilft kurzfristig.
Der Papst wird genesen . . .
Rosalinde bleibt tot.

– Kommt es öfter vor, daß Sie von einem
  Besucher gefragt werden, wo ein be-
  stimmtes Grab zu finden sei? Ich meine
  jetzt nicht das Grab von Joyce, sondern
  das Grab von irgendeinem Angehörigen.
– Das kommt vor.
– Von einem Fall Schaad haben Sie nie ge-
  hört?
– Nein.
– Der Freigesprochene behauptet, er habe
  Sie drei Mal fragen müssen, bevor Sie
  endlich den Rasenmäher abgestellt haben,
  um überhaupt zu hören, was der Herr
  wissen wollte.
– Alle Gräber haben ein Schildchen.
– Sie wußten also nicht, wo das gefragte
  Grab sich befindet, und haben weiter gemäht. Stimmt das? Und der Herr hat Ih-
  nen zugeschaut.
– Eine Zeit lang, ja, das stimmt.

– Wie lang?

– Als habe er noch nie einen Rasenmäher gesehen, so hat er zugeschaut, und dabei fing es schon an zu regnen, das war kurz vor sechs Uhr, glaube ich. Und um sechs Uhr wird ja der Friedhof geschlossen.

– Hat Herr Schaad das gewußt?

– Das steht ja auf der Tafel beim Eingang.

– Hat der Freigesprochene, als er Ihnen zugeschaut hat, wie Sie mähen, noch irgendeine andere Frage gestellt, oder haben Sie das nicht gehört?

– Er ging weiter.

– Stimmt es, Herr Knapp, daß der Freigesprochene zuerst in die verkehrte Richtung gegangen ist, obschon Sie ihm gesagt haben, wo ungefähr die Gräber vom Februar des letzten Jahres zu finden sind?

– Vielleicht hat er's nicht gehört.

– Wegen des Rasenmähers.

– So laut sind unsere Rasenmäher gar nicht.

– Können Sie uns auf diesem Plan zeigen, Herr Knapp, wo Sie gestern gemäht haben, als der Freigesprochene sich erkundigt hat nach den Gräbern vom Februar des letzten Jahres?

– Hier, ja, ungefähr hier . . .

- Also nicht weit vom Portal?
- Da wo eben der Rasen ist.
- Und das war kurz vor sechs Uhr, sagen Sie, und der Friedhof ist ja sehr weitläufig, vor allem wenn einer zuerst in die falsche Richtung geht . . .
- Sagen wir: Viertel vor sechs.
- Ist es überhaupt möglich, Herr Knapp, daß der Herr, nachdem er in die falsche Richtung gegangen ist, in einer Viertelstunde das gesuchte Grab gefunden hat, bevor er den Friedhof hat verlassen müssen?
- Kaum.
- Sie haben ihn nicht mehr gesehen?
- Vielleicht ist es auch früher gewesen, sagen wir: halb sechs. Ich kann ja nicht mähen bis sechs Uhr. Vielleicht hat er den Friedhof verlassen, während ich den Rasenmäher in den Schuppen gebracht habe. Und dann muß er auch noch gewaschen werden, der Rasenmäher. Und ob die Leute ihre Gräber finden, ich meine die Gräber von ihren Angehörigen, das ist schließlich nicht meine Sache. Ich bin verantwortlich für den Rasen und für die Kränze, die auf den Kompost gehö-

ren, und um sechs Uhr habe ich Feier-
abend.
– Eine letzte Frage, Herr Knapp:
– Was soll einer nachts auf dem Friedhof?
– Als der Freigesprochene, wie Sie sagen,
den Rasen betreten hat, was strengstens
verboten ist: hatte der Herr irgendwelche
Blumen bei sich?
– Ich glaube nicht.
– Lilien zum Beispiel?

Ferner:

– Wann ist das gewesen, Frau Hofer?
– Heute.
– Um welche Tageszeit?
– Heute morgen. Ich habe mich gewundert,
ich bin nämlich die erste Besucherin gewesen, als sie das Portal geöffnet haben,
und das ist immer um neun Uhr, das weiß
ich, genau um neun Uhr.
– Wieso haben Sie sich gewundert?
– Wieso der Herr schon dort steht.
– Habe ich Sie richtig verstanden, Frau Hofer: das Grab, das Sie pflegen, befindet
sich in der gleichen Reihe wie das Grab
der Rosalinde Zogg?

– So ist es, ja, leider.

– Wußten Sie von dem Fall Schaad?

– Zum Glück weiß mein Mann nichts davon.

– Also Sie haben sich gewundert, Frau Hofer, und wie hat denn dieser Herr sich verhalten, als er gesehen hat, daß Sie kommen?

– Er stand im Weg.

– Wie meinen Sie das?

– Er hat mich gar nicht gesehen, glaube ich, nicht einmal gehört, dabei hört man auf diesen Kieswegen doch jeden Schritt. Aber er stand einfach dort. Sonst komme ich immer von rechts. Ich wollte den Herrn nicht stören in seiner Andacht.

– Sie haben ihn zum ersten Mal gesehen?

– Jetzt ist es dann ein Jahr, seit mein Mann gestorben ist, und ich gehe jede Woche auf den Friedhof, aber ich habe noch nie jemand an diesem Grab gesehen. Er stand einfach dort und hatte die Hände in den Hosentaschen, das ist alles, was ich sagen kann, und als ich von der andern Seite kam, ja, dann nahm er sich plötzlich eine Zigarette und zündete sie an und ging weiter.

– War der Herr rasiert oder nicht?

– So genau habe ich ihn nicht angeschaut.

– Und das Grab, Frau Hofer, ich meine das Grab neben Ihrem verstorbenen Mann: ist Ihnen da irgend etwas aufgefallen?

– Die vielen Zigarettenstummel.

– Was sonst?

– Da ist ja noch immer kein Grabstein, nur das Immergrün von der Friedhofsverwaltung und das Schildchen mit der Nummer.

– Keine Blumen?

– Ein paar Lilien lagen da . . .

– Wie frisch waren diese Lilien?

– Das ist schon zwei oder drei Mal vorgekommen, dann liegen sie eine ganze Woche da, diese paar Lilien, bis der Gärtner sie nimmt und wegwirft.

Ferner:

– Sie bestreiten also nicht, Herr Schaad, daß Sie unerlaubterweise die Nacht auf dem Friedhof verbracht haben?

– Nein.

– Was haben Sie sich davon versprochen?

– Es war ja nicht meine Absicht . . .

– Sie fanden das Portal abgeschlossen.

– Das ist richtig.

– Warum haben Sie nicht beim Pförtner geklingelt? Es muß doch ein Pförtner da sein, wenn der Friedhof geschlossen ist. Und neben dem Portal befindet sich eine Kabine. Warum haben Sie nicht die Polizei angerufen?

– Daran habe ich nicht gedacht . . .

– Also blieben Sie auf dem Friedhof, obschon es geregnet hat, und was haben Sie denn die ganze Zeit da gemacht?

– Geregnet hat es nur kurz.

– Habe ich Sie richtig verstanden, Herr Doktor Schaad: das war Ihr erster Besuch an diesem Grab?

– Ja.

– Obschon Sie mit dem Opfer einmal verheiratet gewesen sind . . . Vor einem Jahr, als das Begräbnis stattgefunden hat, sind Sie noch nicht verhaftet gewesen, Herr Doktor Schaad. Ihre Verhaftung erfolgte später. Und Sie haben damals gewußt, wann und wo das Begräbnis stattfindet. Warum sind Sie damals nicht zum Begräbnis gekommen?

– Das hat mich schon der Bezirksanwalt gefragt.

- Sie waren ja nicht verreist.
- Nein.
- Sie waren in der Praxis, als das Opfer bestattet wurde, und behandelten Patienten, die auch noch zwei Stunden hätten warten können. Stimmt das? Es handelte sich, laut Akten, um eine chronische Migräne, ferner um einen Prostata-Fall, den Sie an den Urologen weitergeleitet haben, und um eine Dame, der Sie haben mitteilen können, daß die Befunde befriedigend sind. Also keine Notfälle.
- Das stimmt.
- Trotzdem blieben Sie dem Begräbnis fern.
- Das stimmt.
- Ist das nicht merkwürdig, Herr Schaad?
- Ja.
- Laut Akten haben Sie dem Bezirksanwalt geantwortet, Sie mögen Begräbnisse nicht, Sie können es nicht aushalten, wenn ein evangelischer Pfarrer versucht, eine verstorbene Person zu schildern, die er nie gesehen hat.
- Das habe ich gesagt.
- Was Ihren heutigen Besuch auf dem Friedhof betrifft: haben Sie denn diese ganze Nacht vor ihrem Grab gestanden?

– Nein.

– Sondern?

–. Später habe ich eine Bank gefunden, eine
 Zeit lang habe ich wahrscheinlich geschlafen, erst im Morgengrauen bin ich nochmals an das Grab gegangen, um zu sehen,
 ob die fünf Lilien immer noch dort sind.

– Haben Sie diese Lilien gebracht?

– Nein.

– Wer hat denn diese Lilien gebracht?

– Das habe ich mich die ganze Nacht lang
 gefragt.

Eine Zwischenfrage hat der Präsident:

– Sie haben dem Psychiater gegenüber behauptet, Rosalinde Z. habe nie eine se-
 xuelle Erfüllung erlebt. Auch nicht mit
 ihren früheren Partnern. Woher wissen
 Sie das?

– So sagte sie.

– Und warum sagte sie Ihnen das?

– Um die Wahrheit zu sagen . . .

– Sie sind Arzt, Herr Doktor Schaad, ich
 nehme an, daß Sie offen und sachlich darüber gesprochen haben, was Rosalinde Z.
 unter sexueller Erfüllung verstanden hat.

– Mehr möchte ich darüber nicht sagen.

– Und wann hat sie Ihnen das gesagt?

– Nach der Scheidung . . . Bis dahin war ich
  ja überzeugt, daß es an mir liegt. Damals
  war sie Anfang dreißig. Ich wußte nur, sie
  hat Angst, daß ihr Leben unerfüllt bleibt,
  und daran wollte ich nicht schuld sein.

– Und deswegen verlangten Sie damals die
  Scheidung?

– Ich liebte sie.

– Deswegen die Scheidung . . .

– Das ist richtig.

Ein Anruf von Neuenburger, er habe jetzt einen alten Bordeaux wie noch nie. Er meint es
herzlich, ich weiß. Er kichert. Ob ich denn von
einem Schwurgericht etwas anderes erwartet
habe als eine Komödie? Er kichert so laut, daß
ich den Hörer etwas von meinem Ohr entfer-
nen muß.

– Sie können also nicht sagen, Herr Schaad,
  welche Frau es gewesen ist, die Ihnen, wie
  Sie behaupten, die drei Pillen in die Hand
  gegeben hat?

– Nein.

– Sie wollte Ihnen helfen?

– Sozusagen.

– Sie hatten einen Revolver in der Hand, so sagen Sie, einen eher kleinen Revolver. Woher Sie ihn hatten, schon das wissen Sie nicht. Und auch das Modell dieses Revolvers können Sie nicht bezeichnen. Sie wußten bloß, daß er geladen ist und entsichert.

– Das wußte ich.

– Und trotzdem ging das Ding nicht los?

– Ich versuchte es drei Mal.

– Und Sie meinten, Sie seien allein?

– Ich war allein.

– Aber wo das stattgefunden hat, das wissen Sie auch nicht. Ob im Wald oder in der Praxis. Sie setzten also den Revolver an Ihre rechte Schläfe, Herr Doktor Schaad, und es war Ihnen ernst, Sie wollten sich erschießen . . .

– Was sonst.

– Hatten Sie einen bestimmten Grund dazu?

– Es war mir ernst.

– Und die Frau, die plötzlich zugegen ist und zuschaut, wie der Revolver nicht losgeht: Sie können nicht sagen, welche Haarfarbe sie hatte?

- Nein.
- Aber Sie erkannten diese Frau trotzdem?
- Sie war mir sehr vertraut, oh ja . . .
- Es ist also nicht irgendeine Person, die zuschaut, wie der lächerliche Revolver nicht losgeht, und die plötzlich drei Pillen überreicht mit dem Hinweis, eine einzige Pille genüge, sondern das war eine Bezugsperson?
- Oh ja . . .
- Und sie lächelte.
- Sie wollte wirklich helfen.
- Was geschah denn weiter?
- Ich fühlte mich beobachtet, zuerst ist es nur eine kleine Gesellschaft gewesen, offenbar ihre neuen Freunde, plötzlich sind auch noch andere da und beobachten, wie ich zu feige bin, die drei sicheren Pillen zu schlucken.

Der Angeklagte hat sich zu erheben, wenn das Urteil verlesen wird; die drei Richter und die neun Geschworenen sitzen, alle bemüht um eine Miene, die dem Publikum auf der Tribüne nicht verrät, wer in der siebenstündigen Verhandlung sich für schuldig oder unschuldig ausgesprochen hat; der Staatsanwalt und der

Verteidiger sitzen nicht mehr dem Angeklagten gegenüber, sondern auf ihren Plätzen zur linken und zur rechten Seite, beide mit gelassenem Blick zur Decke des Saales; die Tribüne ist voll, der Strafantrag bekannt: zehn Jahre Zuchthaus, abzüglich die Zeit der Untersuchungshaft. Und draußen scheint die Sonne; das macht den Gerichtssaal so hell. Der Angeklagte also steht; nur seine Hände zeigen an, daß ihm ein Justizirrtum nicht unvorstellbar ist. Und dann, als er das Urteil gehört hat, stützt er die Hände auf den kleinen Tisch, sein Kinn beginnt zu schlottern, er weint – offenbar vor Glück – mit gesenktem Kopf.

DEMNACH ERKENNT DAS GERICHT:

1.)
Der Angeklagte Felix Theodor Schaad, Dr. med., ist der eingeklagten Straftat nicht schuldig und wird freigesprochen.

2.)
Die Kosten des Untersuchungs- und Gerichtsverfahrens werden auf die Gerichtskasse genommen.

3.)
Für die erlittene Untersuchungshaft von 291
Tagen sowie für die Umtriebe im Strafverfah-
ren wird dem Angeklagten eine Entschädi-
gung von Fr. 178.000,– zugesprochen.

4.)
Mitteilung an die Staatsanwaltschaft, an den
Angeklagten, die Geschädigten sowie den
psychiatrischen Gutachter, Herrn Professor
Dr. Herbert Vetter.

5.)
Gegen diesen Bescheid sind die Rechtsmittel
der kantonalen und eidgenössischen Nichtig-
keitsbeschwerde zulässig; beide sind beim Präsidenten des Geschworenengerichts innert
zehn Tagen anzumelden.

Mangels Beweis –
Wieso habe ich das gehört?
Das kommt im Urteilspruch nicht vor.

SODANN BESCHLIESST DAS GERICHT:

1.)
Die Tatwerkzeuge sowie das Modell der Woh-

nung in der Hornstraße werden dem Polizei-
Kommando des Kantons Zürich zur gutscheinenden Verwendung übergeben.
2.)
Die in der Wohnung sowie in der ärztlichen
Praxis des Angeklagten beschlagnahmten Dokumente wie Briefe, Fotos, Tagebücher etc.
werden dem Angeklagten nach Eintritt des
Urteils in Rechtskraft zur freien Verfügung
übergeben.

Selbstmord nach einem Freispruch mangels
Beweis ist ausgeschlossen, das würde als nach-
trägliches Geständnis gedeutet.
Was zu tun ist:
eine neue Steuererklärung
(Verdienstausfall durch Untersuchungshaft)
Dental Hygiene
etc.

– Sie sind Herr Schaad?
– Ja.
– Vorname: Hermann.
– Ja.
– Sie sind der Vater des Freigesprochenen?

Die richterliche Mahnung, daß falsches Zeugnis mit Gefängnis bestraft wird, in schweren Fällen mit Zuchthaus bis zu fünf Jahren, erübrigt sich, wenn Tote verhört werden:

– Erinnern Sie sich an das Kaninchen? Felix war neunjährig, und Sie schenkten ihm ein Kaninchen. Stimmt das? Ein graues Kaninchen . . .

Dokumente wie Briefe, Fotos, Tagebücher etc. habe ich persönlich abzuholen beim Polizei Kommando des Kantons Zürich; ebenda bleibt meine Krawatte zur gutscheinenden Verwendung.

– Ihr Sohn, Herr Schaad, ist freigesprochen worden . . .

Was hilft, ist Wandern.
(Albis)
Mein Vater war Lehrer:

– Weißt du, was Nagelfluh ist?
– Nagelfluh ist ein Fels.
– Ist das richtig?
– Das hier ist Nagelfluh, das sieht man daran, daß so viele kleine Steine drin sind,

und das ist zum Beispiel typisch, daß sie so
rund sind, die Steine, wie in einem Bach,
daran sehen wir, daß sie weither gekommen und unterwegs geschliffen worden
sind, und der ganze Albis besteht zum
Teil aus Nagelfluh.

– Und was ist Nagelfluh?

– Moräne.

– Das ist richtig.

– Und alle diese Steine sind einmal von den
höchsten Gebirgen heruntergefallen auf
die Gletscher, als es sie gab, dann sind sie
im Gletscherwasser gerollt, darum sind
sie so rund, bis die Gletscher dann verschwunden sind, aber vorher haben sie
dieses Kies in Jahrmillionen zusammen-
gepreßt, deswegen ist die Nagelfluh hart
wie ein Fels, aber sie ist kein richtiger
Fels, sondern Nagelfluh.

– Und was weißt du sonst?

– Nagelfluh ist typisch für unsere Heimat.

– Was gibt es aber noch?

– Sandstein und Kalkstein.

– Und was noch?

– Schiefer.

– Ich meine jetzt etwas anderes.

– Schiefer gibt es aber auch . . .

– Weißt du nicht, was ich meine?

– Einmal haben die Gletscher unsere ganze Heimat zugedeckt, daher gibt es die Gletscherschliffe an den Felsen und Nagelfluh, die sich für Kiesgruben eignet.

– Und was gibt es denn noch?

– Seen . . .

– Wir reden von Gesteinen, Felix.

– Ich weiß nicht . . .

– Was sehen wir hier im Wald?

– Das ist ein Findling.

– Richtig!

– Das gibt es auch, ja, aber selten.

– Und was ist ein Findling?

– Ein Findling ist ein richtiges Gestein, aber das kommt anderswoher, das hat auch mit diesen Gletschern zu tun, die dann verschwunden sind, und der Findling ist geblieben, als die Eiszeit aufgehört hat, weil der Gletscher ihn nicht weiter befördert hat, das ist ein Findling, zum Beispiel, ein Schiefer.

– Ist das ein Schiefer?

– Nein.

– Was ist es denn?

– Ein Findling.

– Ist es Granit?

- Nein.
- Was ist Granit?
- »Quarz Feldspat Glimmer das vergess ich nimmer.«
- Das ist richtig.

Ein Brief aus Kenia:
AUF BALD! DEINE JUTTA
Ich leere schon die Aschenbecher.

- Sie nennen es also eine glückliche Ehe, Frau Schaad, alles in allem, wenn ich richtig verstehe, eine offene Ehe, Sie haben Ihre persönliche Freiheit und fühlen sich von Felix Schaad, Ihrem Ehegatten, keineswegs bedroht . . .
- Das ist richtig.
- Sie nennen ihn geradezu ritterlich . . .

Was wieder nicht hilft: Alkohol.

- Sie sind die Mutter von Felix Schaad gewesen?
- Jaja.
- Sie sind alt geworden, Frau Schaad, beinahe achtzig. Trotzdem erinnern Sie sich vielleicht noch an das eine und andere

Vorkommnis aus der Zeit, als Felix zur
Schule gegangen ist . . .
– Jaja.
– Zuerst wird Sie der Herr Staatsanwalt be-
fragen . . .

Auch Tote können sich irren:

– Wie alt war er damals?
– Sieben oder so.
– Und woran ist sein Kaninchen denn ge-
storben?
– Felix hat so geheult.
– Haben Sie damals ein Rasiermesser gese-
hen?
– Jaja.
– Und was haben Sie sich dazu gedacht?
– Er hat das Kaninchen aufgemacht, jaja,
das hat er mir schon gesagt, jaja, er hat
sehen wollen, warum es gestorben ist . . .

In der Regel rechne ich nicht damit, daß jemand, der mir beim Billard zuschaut, nur deswegen zuschaut, weil er meine Biographie
kennt; plötzlich merke ich es: der schaut gar
nicht auf den Lauf der Kugel, sondern nur auf
die Hand, die vielleicht die Hand eines Mör-

ders ist, und wenn ich ihm ins Gesicht blicke, so geht er in die Bar zurück.

Auch daran gewöhnt man sich.

Auswandern käme einem Geständnis nahe.

— Sie sagen also, daß Sie sich weiter nichts gedacht haben, als die Maschine gelandet ist ohne Jutta. Sie waren nicht erbittert, daß ihre Heimkehr sich nochmals verzögert hat? Die Maschine hatte auch noch Verspätung, sagen Sie, und wenn man dort am Ausgang steht und es kommen nur Passagiere, die man nicht kennt, aber keine Jutta, Sie waren natürlich etwas enttäuscht . . .

— Das ist richtig.

— Aber nicht erbittert?

— Ich machte mir Sorgen

— Und was, Herr Schaad, machten Sie dann?

— Ich bin nach Hause gefahren.

— Sofort?

— Ich hatte ja keine Eile.

— Warum sind Sie zur Kiesgrube gefahren?

— Ich weiß nicht . . .

— Sie wollten wandern?

— Ich blieb im Wagen sitzen . . .

— Wie lange?

– Später ging ich ins Kino . . .
– Das stimmt, Herr Schaad, das ist erwiesen, Sie sind gesehen worden in der Vorführung zwischen 15.00 und 17.15, und zwar rechts in der hintersten Reihe.
– Mag sein.
– Was haben Sie im Kino gesehen?
– Das weiß ich nicht mehr.
– Fellini.
– Mag sein.
– Warum sind Sie nicht bis zu Ende geblieben?
– Ich dachte, vielleicht ist ein Telegramm zu Hause, und das ist ja auch der Fall gewesen. Ich war erleichtert. Wenigstens wußte ich, daß Jutta bereits in Genf ist.
– Sie waren erleichtert . . .
– Und daß sie heute kommt!
– Das war also gestern.
– Ja.
– Wieso ist Jutta denn in Genf geblieben?
– Die Maschine hat eine Zwischenlandung in Genf, das wußte ich, und natürlich ist sie ausgestiegen nach einem siebenstündigen Flug, das kann ich verstehen, um sich zu erfrischen.
– Warum ist sie dann nicht weitergeflogen?

– Weil sie die Maschine verpaßt hat.

– Laut Telegramm.

– Ja.

– Es gibt auch Züge von Genf nach Zürich.

– Dafür war Jutta zu müde.

– Sie übernachtete in einem Hotel ...

– Laut Telegramm.

– Warum hat Sie denn Jutta nicht angerufen aus dem Hotel?

Die Kiesgrube ist nicht mehr in Betrieb. Sie vergrast, ein Förderband ist noch da, aber verrostet, desgleichen ein Schild: ZUTRITT VERBOTEN. Und dabei gäbe es Nagelfluh noch jede Menge. Ein Schottersieb steht in einem braunen Tümpel. Anderswo ein Haufen von grauem Kies. Es hat seit vorgestern nicht geregnet: im Lehm sind die Spuren meines Wagens noch deutlich, das klare Muster der Reifen, meine Kurve von vorgestern.

– Als Sie von seinem Freispruch gehört haben, Frau Schaad, befanden Sie sich also in Kenia und warteten auf Regen ...

– Das ist richtig.

– Sie arbeiten beim Film?

– Das ist richtig.

– Als Kamera-Assistentin?

– Eigentlich bin ich Cutterin, aber wir sind ein kleines Team, der Kameramann und einer für den Ton, dazu der Ethnologe und ein Fahrer. In einem kleinen Team macht man das eine und das andere.

– Ich verstehe . . .

– Ich war unersetzlich.

– Ich verstehe.

– Natürlich war ich erleichtert, als die Nachricht vom Freispruch kam, das können Sie sich ja vorstellen, wie erleichtert ich war, ich habe geweint wie ein Kind!

– Vor Erleichterung . . .

– Sie können das Team fragen.

– Sie hatten nicht das Gefühl, der Freigesprochene würde Sie brauchen, wenn er nach der langen Untersuchungshaft und dem Gerichtsverfahren wieder nach Hause kommt?

– Unsere Dreharbeiten hatten sich verzögert.

– Und Sie waren unersetzlich . . .

– Eigentlich ist eine Cutterin beim Drehen noch nicht dabei, das stimmt, aber Herbert legte Wert darauf, daß ich von Anfang an dabei bin, das war seine Bedingung im Vertrag, er will, daß die Cutterin nicht erst das Material sieht, sondern mit dem Stoff vertraut ist.

– Wer ist Herbert?

– Unser Kameramann.

– Also die Dreharbeiten verzögerten sich . . .

– Wir warteten auf Regen.

– Ohne den Ethnologen . . .

– Die beiden Briefe von Felix tönten eher vergnügt, er sitze in seiner Praxis und habe endlich einmal Zeit für Lektüre, ferner spiele er Billard, ja, und ich schrieb auch einen ziemlich langen Brief.

– Über die Dreharbeiten . . .

– Ja.

– Bei Ihrer vorgestrigen Rückkehr aus Kenia, Frau Schaad, ist Ihnen an dem Freigesprochenen irgend etwas aufgefallen, als er Sie am Flughafen abgeholt hat?

– Er ist magerer geworden.

– Und sonst?

– Und älter, ja, das schon.

– Der Freigesprochene behauptet, daß Sie ziemlich erschreckt waren, als er vor Ihnen stand, und daß Sie sich nur auf die Wange haben küssen lassen.

- Ich hatte so viel Gepäck.
- Stimmt es, daß er zu Hause einen Champagner bereitgestellt hatte, um das Wiedersehen zu feiern, und daß Sie an diesem ersten Abend, also vorgestern, nicht von Kenia haben erzählen wollen?
- Ich war erschöpft.
- Deswegen wollten Sie keinen Champagner?
- Ich trinke ja keinen Alkohol mehr.
- Sie wollten schlafen . . .
- Ja.
- Warum im Gastzimmer?
- Wir haben uns lang nicht gesehen.
- Zuletzt vor dem Schwurgericht.
- Als Felix erwähnte, daß er die Praxis verkauft habe, das hat mich sehr erschreckt, natürlich fragte ich, wie er sich denn seine Zukunft vorstelle.
- Was sagte er?
- Er zuckte die Achsel.
- Und dann gingen Sie schlafen . . .
- Ich konnte nicht schlafen.
- Warum nicht, Frau Schaad?
- Er saß im Wohnzimmer, glaube ich, und trank den Champagner allein, ich hörte jeden Stundenschlag.

- Eine andere Frage, Frau Schaad:
- Was macht Felix ohne Praxis!
- Stimmt es, was der Freigesprochene vermutet: Sie hatten Angst, daß es im Bett zu einem Geständnis kommen könnte und daß Sie plötzlich neben einem Mörder liegen?
- Ich bin von seiner Unschuld überzeugt.
- Das ist also nicht der Grund, Frau Schaad, warum Sie drüben im Gastzimmer schlafen?
- Nein.
- Sie sind von seiner Unschuld überzeugt ...
- Ganz und gar.
- Was den gestrigen Abend betrifft, Frau Schaad:
- Ich habe mein Versprechen gehalten, daß ich es ihn wissen lasse, wenn sich zwischen uns etwas verändert hat, und das ist nun eben der Fall.
- Wie hat er das aufgenommen?
- Ritterlich.
- Wie Sie es von ihm erwartet haben ...
- Ja.
- Und seit wann, Frau Schaad, ist es der Fall?

- Das konnte ich ihm vor Gericht nicht
  sagen.
- Ich verstehe.
- Schreiben wollte ich es auch nicht.
- Eine letzte Frage, Frau Schaad:
- Schreiben ist so feige.
- Was sind jetzt Ihre Pläne, Frau Schaad?
- Das wissen wir noch nicht, das hängt da-
  von ab, ob Herbert weiterhin beim Fern-
  sehen bleibt oder nicht.

Was hilft, ist Wandern.

- Sie haben es gehört, Herr Doktor Schaad:
  es hat sich zwischen Jutta und Ihnen et-
  was verändert.
- Ich schätze ihre Offenheit.
- Zehn Monate sind eine lange Zeit für eine
  Frau um Mitte dreißig, das war Ihnen
  schon in der Untersuchungshaft bewußt,
  Herr Schaad, und also hat Sie die gestrige
  Offenbarung nicht überrascht . . .
- Ich schätze ihre Offenheit.
- Seit der Kiesgrube, wo Sie den Wagen
  haben stehen lassen, sind Sie vier Stunden
  gewandert, und es hat angefangen zu reg-
  nen, und Sie sitzen auf einem Wurzelstock

seit einer halben Stunde, Herr Doktor
Schaad, Sie sind nicht überrascht, aber
platschnaß und können noch immer
nichts anderes denken. Stimmt das?

– Ja.

– Jutta hat ihr Versprechen gehalten.

– Ich schätze ihre Offenheit.

– Das sagten Sie schon.

– Wenn sich zwischen Jutta und mir etwas
ändert, so wird sie es mich wissen lassen,
das war ihr Versprechen.

– Sie frösteln, Herr Schaad . . .

– Ich schätze Jutta.

– Trotzdem werden Sie sich erkälten, Herr
Schaad, Sie sitzen noch immer auf diesem
Wurzelstock, der naß ist, ohne Mantel
und ohne Mütze und versuchen zu hof-
fen, daß Jutta inzwischen erwacht ist und
Sie sucht. Stimmt das?

– Das stimmt.

– Warum wandern Sie nicht weiter?

Was ich vor einem Jahr nicht gesehen habe
wegen Untersuchungshaft: das erste Grün in
den Sträuchern da und dort, Ackerschollen
schwarz wie Speckschwarten. Die Weiden an
einem Bach sind noch rötlich. Ein Traktor

hinterläßt schwarze Erdbrocken auf dem Asphalt, und es riecht nach Jauche. Ich meide Holzwege. Einmal der Knall eines Düsenjägers über dem Land. Ich weiß, wo ich gehe. Gebirge in der Ferne, wahrscheinlich Föhn. Die Obstbäume sind noch kahl, die Wälder durchsichtig, man sieht den Himmel über dem Geäst und zwischen den Stämmen manchmal den See, der nicht blau ist, aber hell wie Zink. Am Rand eines Tannenwaldes gibt es noch Flecken von Schattenschnee, die Luft ist lau, ein erster Schmetterling ...

— Wann war das Begräbnis Ihrer Mutter?
— Vor sechs Jahren.
— Seither sind Sie nicht in Ratzwil gewesen?
— Nein.
— Sie verstehen, warum ich frage?
— Nein.
— Sie sind Mitte fünfzig, Herr Doktor, und können sich nicht auf Gedächtnisschwund altershalber berufen. Ist es nicht merkwürdig, was Sie so alles vergessen? In der ersten Einvernahme haben Sie behauptet, daß Sie das Kreuz, das Sie einmal als Pannenzeichen haben verwenden wollen, nie in Wirklichkeit gesehen haben.

– Ich ziehe meine Aussage zurück . . .
– Und plötzlich nach sechs Jahren erinnern
  Sie sich: dieses Kreuz, das sich nicht als
  Pannenzeichen eignet, genau dieses ver-
  schnörkelte Kreuz befindet sich auf dem
  Kirchturm von Ratzwil, wo Ihre ge-
  schätzte Mutter begraben ist.
– Eben fällt es mir ein . . .
– Sie haben es nicht vergessen, Herr Dok-
  tor Schaad, Sie haben es verdrängt. Wie
  noch allerlei anderes. Plötzlich müssen
  Sie, während Sie wandern, Ihre früheren
  Aussagen widerrufen.
– So ist es.
– Erschreckt Sie das nicht?
– Ja.
– Könnte es also nicht sein, Herr Doktor
  Schaad, daß Sie plötzlich, zum Beispiel
  beim Zähneputzen, sich erinnern, wo Sie
  jenen Samstagnachmittag wirklich ver-
  bracht haben, als Rosalinde Z. erdrosselt
  worden ist mit einer Frauenbinde im
  Mund und mit Ihrer blauen Krawatte,
  und daß Sie der Täter gewesen sind?

Was helfen könnte, wäre Segeln.
Meine Jolle liegt beim Klubhaus.

Man erwartet meinen Austritt, glaube ich.

– Sie kennen also den Angeklagten?
– Als Segler.
– Wie würden Sie seinen Charakter schildern?
– Felix Schaad ist immer ein sehr korrekter Segler gewesen, das muß man sagen. Gesellschaftlich hat er sich weniger um den Klub gekümmert . . . Ein Arzt hat wenig Zeit . . . Man wußte natürlich nicht, was man heute weiß, was in der Zeitung steht, und ich möchte nur bemerken, daß diese Rosalinde Z. nie unser Klubhaus betreten hat. Nie. Das geht aus unserem Gästebuch hervor . . .

Wie ihr Album zwischen meine Ordner gekommen ist, die auch verjährt sind, weiß ich nicht. Ein Album in blauem Kunstleder. Ihre Handschrift unter den Fotos:

UNSER GARTEN IN SION
ROSALINDE BEI DER KOMMUNION
UNSER HUND AJAX
AUSFLUG AUF GORNERGRAT
HOCHZEIT (der Hauptmann)

Palmen in Mallorca
Papa als Major
Mein Trainer (Tennis)
Bärengraben in Bern
Proben zum Fidelio (der Sänger)
Picnic mit Freunden
Ignaz im Atelier (der Grafiker)
Auf der Dokumenta in Kassel
Winter in Wien (der Sänger)
Papa zu Besuch in Bern
Kreta (der Grafiker)
Schwäne bei Zürich
Felix in der Praxis
Mama im Spital
Ignaz und Felix beim Pingpong
Felix als Segler (zweimal)
Mein Dreissigster Geburtstag
Unser Architekt (Jan)
Unser Haus in Zumikon

Das Lächeln des Opfers:
als Kind mit Hund
als Braut vor der Kirche
als Studentin in Bern
als Nixe am Strand (mit Harpune)
als Tochter im Familienkreis
als Pilzsammlerin

als Porsche-Fahrerin
als Gast in der Kronenhalle (Zürich)
als Tänzerin mit Architekt
als Dame des Hauses (Zumikon)
als Rasenmäherin ebenda

– Sie sind Rosalinde Z.?
– Ja.
– Ihr Beruf ist Therapeutin?

Das Lächeln des Opfers.

– Wissen Sie, wer Sie erdrosselt hat?

Das Lächeln des Opfers.

– Wen, Frau Zogg, haben Sie zuletzt gesehen in Ihrem Leben?
 . . .
– War es Herr Doktor Schaad?
 . . .
– Als er Sie an diesem Samstag besucht hat,
 das war zwischen elf und zwölf Uhr vormittags, Frau Zogg, und Sie haben zusammen Tee getrunken. Stimmt das? Offenbar war es Ihr erstes Frühstück: Tee
 und Toast mit Gänseleber. Etwas anderes

wurde in Ihrem Magen nicht gefunden . . . Frau Zogg, erinnern Sie sich, wovon an diesem Vormittag gesprochen worden ist?

. . .

— Wann hat Felix Schaad denn die Wohnung verlassen?

. . .

— Laut Aussagen der Putzfrau hat der Angeklagte, Ihr ehemaliger Gatte, Sie regelmäßig besucht, seit Sie die eigne Wohnung haben, und er wußte von Ihrem selbständigen Erwerbsleben. Ohne daran Anstoß zu nehmen. So behauptet er. Und Sie, Frau Zogg, schätzten es, daß er Ihnen in Steuersachen behilflich war. Stimmt das? Sie empfanden ihn als Kamerad, so meint er . . .

Das Lächeln des Opfers als Braut.

— Ist es an jenem Samstag zu einem Streit gekommen?

Das Lächeln des Opfers.

— Der Freigesprochene erinnert sich nicht,

was an diesem Vormittag gesprochen worden ist. Oder er verschweigt es. Er erinnert sich nicht einmal, welchen Morgenrock Sie getragen haben . . .

Das Lächeln des Opfers als Dame.

– Nachmittags trugen Sie die Hosen.
   . . .
– Ist irgend etwas vorgefallen, Frau Zogg, oder haben Sie irgend etwas gesagt, was Ihren ehemaligen Gatten so aufgeregt hat, daß er drei Stunden später in die Wohnung zurückgekommen ist, um Sie mit seiner Krawatte zu erwürgen, oder würden auch Sie bestätigen, daß das Verhältnis zwischen Ihnen und Felix Schaad, seit es nicht mehr zum Geschlechtsverkehr kam, ein durchaus kameradschaftliches und sogar harmonisches Verhältnis war? . . . Sie wissen, daß Felix freigesprochen ist?

Das Lächeln des Opfers mit Harpune.

– Stimmt es, daß Sie in der Regel, wenn ein Besucher gegangen ist, die Wohnungstüre abgeschlossen haben? Und wenn ja: wer, außer der Frau des Hauswartes und Herrn Doktor Schaad, besaß einen Schlüssel zu der Wohnung in der Hornstraße?

. . .

– Sie wollen es nicht sagen . . .

Das Lächeln des Opfers als Rasenmäherin.

– Trugen Sie an diesem Samstag eine Frauenbinde? Sie entschuldigen die Frage. Und wenn nicht: wo kann der Täter die benutzte Frauenbinde gefunden haben? Vermutlich nicht im Wohnzimmer, Frau Zogg, wo Sie gefunden worden sind.

. . .

– Warum haben Sie tagsüber Schlafmittel genommen?

. . .

– Vermutlich haben Sie sich deswegen nicht gewehrt, als Ihnen die Füße gefesselt worden sind, oder haben Sie angenommen, das gehöre zum Liebesspiel?

Das Lächeln des Opfers als Kind.

– Ist es vorgekommen, daß Herr Doktor

Schaad, wenn er Sie besucht hat, Blumen gebracht hat? Und wenn ja: sind das jemals Lilien gewesen? Der Angeklagte behauptet, daß er Lilien nicht mag und zeitlebens keine Lilien geschenkt habe. Können Sie das bestätigen? Und wenn ja: wer hat Ihnen an diesem Samstag die frischen Lilien gebracht oder geschickt, die neben der Leiche gefunden worden sind?

Das Lächeln des Opfers mit Hund.

– Als Opfer können Sie nicht zur Aussage gezwungen werden, Frau Zogg, anderseits wäre Ihre diesbezügliche Aussage sehr hilfreich.
  . . .
– Frau Zogg, es ist nicht mit Sicherheit festzustellen, wann Sie die Schlafmittel genommen haben. Laut Expertise könnte es sein, daß Sie noch um 16 Uhr imstande gewesen sind, die Wohnungstüre aufzuschließen. Eine Zeugin, allerdings eine minderjährige, meint sich zu erinnern, daß Sie später die Vorhänge gezogen haben. Stimmt das? Wir wissen mit Sicherheit, daß Sie kein Mittagessen eingenom-

men haben. Was haben Sie getan, Frau Zogg, bis zur Ermordung?

Das Lächeln des Opfers als Pilzsammlerin.

– Was nochmals die Krawatte betrifft, die Sie einmal aus der Diele entfernt haben, nachdem ein Besucher daran Anstoß genommen hat: Sie haben gewußt, wessen Krawatte das ist?

Das Lächeln des Opfers mit Porsche.

– Ihre Besucher, Frau Zogg, sind dem Gericht nur zu einem kleinen Teil bekannt, da sie in Ihrer geschäftlichen Agenda meistens nur mit dem Vornamen verbucht sind und offenbar nicht mit Eurocheck bezahlt haben . . . Gab es vielleicht einen Besucher, den die besagte Krawatte des Angeklagten, wenn er sie in Ihrem grünen Biedermeier-Schlafzimmer entdeckt haben sollte, zur Raserei hätte bringen können?

. . .

– Sie haben die Frage verstanden?

. . .

– Es gibt immer wieder Männer, die sich
verlieben, auch wenn sie dafür bezahlen,
und infolgedessen nicht wahrhaben wollen, was sie eigentlich wissen, und sozusagen aus den Wolken fallen, wenn sie zufäl-
lig die Krawatte eines andern Herrn ent-
decken . . .

Das Lächeln des Opfers.

– Wer, Frau Zogg, käme dafür in Frage?

Das Lächeln des Opfers im Familienkreis.

– Lassen Sie mich anders fragen . . .

Schlimm ist der Halbschlaf, wenn ich meine,
draußen stehe der Wagen mit dem kleinen Git-
terfenster schon bereit, dabei kennt man seinen
Freispruch auch noch im Halbschlaf.

– Was für ein Fisch war es denn?
– Ein großer.
– Ein Hecht?
– Größer.
– Und der Fisch lag auf dem Trockenen?
– Ja.

– Aber er lebte, so sagen Sie.

– Ja.

– Haben Sie je gehört, Herr Doktor Schaad, daß ein Fisch, wie groß auch immer, eine Schlange verschluckt?

– Es verwunderte mich auch.

– Und was geschah weiter?

– Ich sah zu. Es war gräßlich, erst die Hälfte der Schlange hatte er verschluckt, die vordere Hälfte, und ich sah: der Fisch kann nicht mehr. Ich sah, wie die Schlange sich langsam wieder zu bewegen beginnt und wie der Fisch plötzlich begreift, daß er jetzt stirbt, während die Schlange sich langsam aus dem toten Fisch herauswindet . . .

– Und daran sind Sie erwacht?

– Es war gräßlich.

– Herr Doktor Schaad . . .

– Gräßlich!

– Sie wissen, was dieser Traum bedeutet?

Es bleibt nichts als Wandern.

– Sie würden also noch immer behaupten, daß Sie sich in bestem Einvernehmen von dem Opfer verabschiedet haben?

– Ja.
– Das müssen Sie nicht widerrufen?
– Nein.
– Seit wann erinnern Sie sich denn, daß an jenem Vormittag, während Sie zusammen Tee getrunken haben, immer wieder ihr Telefon geklingelt hat und daß Rosalinde aufgestanden ist, um den Stecker herauszuziehen, und daß Sie gelacht haben, weil Sie das an die Zeit der Ehe erinnerte?
– Es ist mir soeben eingefallen.
– Das haben Sie vor Gericht nicht erwähnt.
– Es war mir entfallen . . .
– Hingegen haben Sie vor Gericht erwähnt, daß Sie an jenem Vormittag, als Sie zu Rosalinde gekommen sind, keine Lilien in ihrer Wohnung gesehen haben.
– Das ist richtig.
– Das müssen Sie nicht widerrufen?
Nein.
– Ferner haben Sie behauptet, daß Sie niemals Lilien schenken, Sie mögen diese Blume nicht, Sie finden sie kitschig . . .
– Pathetisch-konventionell.
– So sagten Sie es, Herr Doktor, und zum Glück hat eine Zeugin, die Frau des Hauswartes, vor Gericht bestätigt, daß Herr

Doktor Schaad, als sie ihn auf der Treppe gesehen hat an jenem Vormittag, keine Blumen für Madame Zogg gebracht habe, geschweige denn Lilien . . .

– Das ist die Wahrheit.
– Sie haben zeitlebens keine Lilien geschenkt.
– Das ist die Wahrheit.
– Sie waren erschüttert, als Sie das polizeiliche Lichtbild gesehen haben, die Leiche auf dem Teppich, die fünf Lilien auf der Leiche . . .
– Das war gräßlich.
– Diese Lilien haben nicht Sie geschenkt?
– Es waren öfter Lilien dort.
– Das haben Sie nicht erwähnt . . .
– Jedes Mal fünf Stück.
– Warum haben Sie das nicht erwähnt?
– Ich weiß nicht . . .
– Die Untersuchungshaft dauerte fast zehn Monate, Herr Schaad, die Gerichtsverhandlung drei Wochen, Sie hatten viel Zeit, Herr Schaad, um alles zu erwähnen.
– Es war mir entfallen.
– Und heute, hier in diesem Wald, wo kein Richter fragt, plötzlich fällt es Ihnen ein: Es waren öfter Lilien da!

– Jedes Mal fünf Stück.

– Und als ihr Telefon immer wieder klingelte, wußte sie offenbar, wer da anrief, deswegen zog sie den Stecker aus der Dose, und Sie lachten, weil Sie das an die Ehe erinnerte, und als Rosalinde in der Küche war, um nochmals Toast zu machen, konnten Sie es doch nicht lassen und standen auf, um beiläufig auf den Brief zu blicken, den Rosalinde grad in der kleinen Schreibmaschine hatte. Stimmt das? Zumindest lasen Sie die Anrede.

– Das stimmt.

– Wie war diese Anrede denn?

– Überschwenglich.

– Erinnern Sie sich an den Namen?

– Es war ein Kosename . . .

– Das alles haben Sie vor Gericht nicht erwähnt, weil es Ihnen peinlich ist, Herr Doktor Schaad, daß Sie in fremde Briefe schauen, oder warum?

– Es ist mir wirklich entfallen.

– Weil es Ihnen peinlich ist.

– Was ging ihre Romanze mich an!

Ferner ist Ihnen entfallen, daß Sie später, nachdem Sie unterwegs etwas getrunken haben, offenbar die Laune hatten, in ein Blumengeschäft zu treten und fünf Lilien schicken zu lassen . . .

– Das war ein Ulk.

– Um wieviel Uhr ist das gewesen?

– Keine Ahnung.

– Aber es sind Lilien gewesen . . .

– Das ist richtig.

– Herr Doktor Schaad:

– Das ist die Wahrheit.

– Was ist Ihnen sonst noch entfallen?

Natürlich hilft Wandern auch nicht.

– Leider, Herr Schaad, stimmt es nicht, was Sie gestern der Polizei gesagt haben: Sie sind nicht zu Fuß nach Ratzwil gewandert. Leider! Sonst lägen Sie jetzt nicht in diesem Spital.

– Nein . . .

– Sie sind gegen einen Baum gefahren.

– Das gebe ich zu . . .

– Und die Straße war überhaupt nicht glitschig, nicht einmal naß. Auch das stimmt nicht, Herr Schaad, und es lag kein Laub auf dem Asphalt, es ist Sommer, Sie brauchen bloß die Augen aufzumachen und

Sie sehen das grüne Laub vor dem offenen Fenster.

– Wieso bin ich nicht gewandert . . .

– Spüren Sie, daß Ihnen jemand die Hand hält?

– Ja.

– Wissen Sie, wer Ihnen die Hand hält?

– Eine Frau.

– Warum machen Sie nicht die Augen auf?

Alles weiß und ohne Umriß und weiß.

– Wieso sind Sie gerade nach Ratzwil gefahren?

– Das ist mein Heimatort.

– Das ist richtig, Herr Schaad, aber warum muß es grad der Wachtmeister von Ratzwil sein, wenn Sie plötzlich das Geständnis ablegen wollen, daß Sie im Mordfall Rosalinde Z. der Täter gewesen sind? Das können Sie auf jedem Polizeiposten tun.

– Ich war aber in Ratzwil.

– Sie sind lang nicht mehr in Ratzwil gewesen, Herr Schaad, Sie haben ja das Dorf kaum wiedererkannt. Mindestens bei zwei Personen haben sie sich erkundigt, ob das denn Ratzwil sei. Im Gasthaus zum

Bären, wo Sie einen schwarzen Kaffee getrunken haben, zuerst ein Mineralwasser, haben Sie dem Wirt erzählt, Sie seien zu Fuß nach Ratzwil gekommen, Ihr blauer Wagen stand neben der Kirche.

– Vormittags stand er bei der Kiesgrube.

– Wie üblich wenn Sie wandern . . .

– Das ist richtig.

– Vielleicht wollten Sie wandern, das mag sein. Offenbar haben Sie es sich anders überlegt, Herr Schaad, und sind zum Wagen zurückgegangen, um mit dem Wagen nach Ratzwil zu fahren. Daran erinnern Sie sich nicht mehr?

– Plötzlich war ich in Ratzwil.

– Sie waren, laut Polizei-Rapport, völlig nüchtern, als Sie sich bei Wachtmeister Schlumpf gemeldet haben. Zwei Stunden später wurden Sie entlassen, genau um 17.10, ebenfalls nüchtern. Und Sie sind auch nicht mehr im Gasthaus zum Bären gewesen, um etwas zu trinken, oder im Gasthaus zur Krone, das ist zeitlich nicht möglich: der Unfall ereignete sich kaum eine Viertelstunde nach der Entlassung aus dem Gemeindehaus von Ratzwil, die Unfallstelle befindet sich 29 Kilometer außerhalb von Ratzwil, was schon eine Stundengeschwindigkeit von 120 Kilometern ergibt.

– War es eine Buche?

– Warum wollten Sie gegen einen Baum fahren?

– Die Wahrheit und nichts als die Wahrheit.

– Es war keine Buche, sondern eine Föhre, Herr Doktor, das steht außer Frage, wahrscheinlich wollten Sie schon früher gegen einen Baum fahren, einmal sahen Sie eine Linde, mag sein, später einmal eine Buche.

– Und es war eine Föhre . . .

– Ja.

– Und es waren Lilien . . .

– Das ist wieder eine andere Sache, Herr Schaad . . . Was Ihr Geständnis betrifft: hat denn dieser Wachtmeister überhaupt verstanden, wovon Sie reden? Oder haben Sie ihm den ganzen Mord berichten müssen, die Erdrosselung mit der Krawatte, bevor er Ihnen die Handschellen anlegte?

– Es war ihm peinlich.

– Wußte er von Rosalinde Z.?

– Ich habe es gar nicht bemerkt, als er mir die

Handschellen angeklappt hat. Wir sind zusammen in die Schule gegangen, Wachtmeister Schlumpf und ich, nicht in die gleiche Klasse, Wachtmeister Schlumpf ist ein Jahr jünger als ich.

— Wann haben Sie die Handschellen bemerkt?

— Jetzt sagte er immer: Herr Doktor. Wenn das wahr ist, Herr Doktor, ich muß ein Protokoll anlegen, Herr Doktor, wenn das wahr ist, Herr Doktor, und Sie müssen das Protokoll unterzeichnen.

— Und das haben Sie getan . . .

— Ohne Handschellen.

— Was geschah dann?

— Ich fühlte mich erleichtert.

— Sie fühlten sich erleichtert . . .

— Die Wahrheit und nichts als die Wahrheit.

— Was haben Sie erwartet, Herr Schaad, als Sie allein in der Wachtstube saßen und die Handschellen bemerkten?

— Ich durfte nicht rauchen . . .

— Seit wann erinnern Sie sich denn an Ihre Tat, Herr Schaad, und zwar so ausführlich, wie es in diesem Protokoll steht? Nur die Frauenbinde im Mund des Opfers haben Sie vergessen.

— Solche Handschellen sind leicht . . .

— Als der Wachtmeister nach einer Weile zurückgekommen ist und als er Sie nicht zu einem Gefängniswagen geführt hat, sondern hinüber ins Gemeindehaus und zwar in das sogenannte Trauzimmer, wo Ihnen die Handschellen abgenommen worden sind: was haben Sie sich gedacht, als Sie dort nochmals haben warten müssen?

— Ich hatte nichts mehr zu rauchen . . .

— Sie erinnern sich, daß jemand ins Trauzimmer gekommen ist, um unter vier Augen mit Ihnen zu reden?

— Ja.

— Das war der Gemeinde-Sekretär.

— Er begriff, daß ich nichts mehr zu rauchen hatte, und bot Zigaretten an, alles andere begriff er nicht.

Wissen Sie auch noch, was er Ihnen sagte?

— Mein Geständnis sei falsch.

— Daran erinnern Sie sich?

— Er hatte das Protokoll gar nicht gelesen, der junge Mann, und als ich ihn darum bat, das Protokoll zu lesen, überflog er es nur so und gab es mir zurück, und das war alles.

— Ihr Geständnis, Herr Schaad, ist falsch.
— So sagte er.
— Der Täter ist ein griechischer Student, heißt Nikos Grammaticos und befindet sich zur Zeit im Bezirksgefängnis.

. . .

— Sie müssen lauter sprechen, Herr Schaad, wir können nicht verstehen, Herr Schaad, was Sie sagen.

. . .

— Sie sind gegen einen Baum gefahren.
— Und es war eine Föhre!
— Herr Schaad, Sie könnten tot sein.

. . .

— Warum machen Sie nicht die Augen auf?

. . .

— Herr Schaad, die Operation ist gelungen.

. . .

— Was sagen Sie?

. . .

— Wir können nicht verstehen, Herr Schaad, was Sie sagen wollen.

. . .

— Warum legten Sie dieses Geständnis ab?

. . .

— Sie haben Schmerzen.